KB077411

삶의 끝에서 비로소 깨닫게 되는 것들

죽음을 앞두면 모든 불행은 도토리가 된다

삶의 끝에서
비로소
깨닫게 되는 것들

정재영 지음

The last
moment of
one's life

센시오

나만 불행하다고 생각될 때
'삶의 끝'을 떠올려보라
눈 깜짝할 사이에 현명해진다

누구나 죽고 싶을 때가 있다. 혼자만의 생각이 아닐 것이다. 그런데 실제로 죽음을 생각하거나 죽음을 앞둔 사람들은 무슨 생각을 할까? 삶의 모든 것이 끝나버리는 죽음 앞에서라면 삶의 진정한 가치가 보이지 않을까? 삶의 끝에 선 이가 바로 나라면 무엇을 가장 후회하고, 무엇이 가장 그리울까?

나는 이 책을 쓰면서 영어로 된 유서나 회고담을 200편 정도 찾아내 읽었다. 소수를 제외하고는 국내에 알려지지 않은 것들이다. 읽는 내내 궁금했다. 사랑하는 자녀, 친구, 연인 그리고 추억까지 세상에 남기고 홀로 떠나는 이들의 마음은 어떨까? 절망과 두려움과 외로움에 압도될 것 같았다. 죽음이 마음을 쓸쓸하게 하고 슬프게 할 것만 같았다.

하지만 의외였다. 죽음은 생각보다 어둡기만 한 게 아니었다. 누구나 처음 맞는 죽음 앞에서 무섭고 슬프지만, 울고불고 소리쳐도 도망칠 수 없으니 감정이 가라앉은 후엔 돌연 의연하고 담담해졌다. 그들은 죽음 앞에서 더 좋은 사람이 되었다. 더욱 현명하고 용감하고 부드럽고 따뜻해지면서 성장했다.

죽음을 맞닥뜨리면 냉철한 변별력이 생겨서 중요한 것과 하찮은 것을 구별할 수 있게 된다. 무력감과 분노와 이기심을 버리면서 마음이 자유를 얻는다. 무엇보다 인생을 뜨겁게 사랑하게 된다. 이 모두 삶의 유한성을 보았기 때문에 일어난 급속한 변화다. 인생을 누릴 수 있는 시간이 얼마 남지 않았다는 것을 알게 되면서 진정한 삶의 가치가 무엇인지 깨닫게 된다. 가까운 이들을 더 소중히 여기고 더 사랑하며 더 행복한 것에만 집중하게 되는 것이다.

그래서 일찍부터 죽음을 상상하는 것은 이롭다. 내 이름이 새겨진 차가운 묘비를 마음으로 쓰다듬어보는 것도 좋다. 활짝 웃는 내 얼굴 영정을 그려보는 연습도 필요하다. 삶의 유한함을 느낄 수 있도록 시한을 두는 게 좋다. 가령 내가 오늘 밤 12시에 생명을 다한다고 상상해보자. 순간 버릇 같던 두려움과 고통에서 벗어나게 될 것이다. 곁에 있는 사람을 더 사랑하게 되고 삶의 효율성과 집중력이 높아진다.

삶의 끝을 앞두면
모든 불행은 도토리가 된다

나와 당신이 두려워하는 죽음이란 무엇일까? 뇌사를 넘어서 심장사에 이르면 의학적으로 완전한 죽음이다. 뇌 활동이 멈추고 심장이 굳어버린 사람의 세상에서는 아무 일도 일어날 수 없다. 모든 것이 암흑이 되는 것이다. 나는 17세기 영국 시인 사무엘 가스Samuel Garth의 비유에 공감한다.

"죽음은 파도가 부서지지 않고 폭풍도 울지 않는 침묵의 바닷가에 내려앉는 것이다."

숨소리도 심장 소리도 없는 절대 침묵의 세계로 떠나는 것이 죽음이다. 암흑 속으로 빠져드는 것이 두려울 것이다. 아무것도 보이지 않고 아무것도 들리지 않아서 외로울 게 분명하다. 죽음이란 살면서 누렸던 모든 것들과 영원한 이별이다. 설령 우주가 끝날 때까지 기다린다고 해도 사랑하는 사람을 다시 만지고 볼 기회는 주어지지 않는다. 그만큼 죽음은 무섭고 외롭고 슬프다. 얼음 덩어리를 맨가슴에 품은 듯이 오싹하고 진저리난다.

그런데 이상한 일이 있다. 인간은 최후의 순간에 최선의 존재가 된다. 죽음을 마주한 사람은 돌연 성장한다. 지금껏 자신이 상상하지 못했던 만큼 갑자기 현명해지고 용감해진다. 최대치로 따뜻하고 부드러워지는 것도 삶의 끝에서다.

이 책은 수많은 삶의 끝에 대해 이야기한다. 젊은 도스토옙스키는 황제와 봉건제에 반대하다가 사형선고를 받았고, 자신이 그동안 게으르고 무지하며 인생을 탕진했다는 걸 깨닫고 무너졌다. 하지만 사형이 중단되며 죽기 직전 되살아나면서 완전히 달라졌다. 힘든 노역도 기쁘게 받아들이고, 인생을 낭비하지 말자고 다짐하게 된다.

무너진 탄광 갱도에 갇힌 14살 미국 소년은 자신의 옷과 신발을 동생에게 물려주기로 했다. 마지막으로 동생을 행복하게 해주고 싶었던 소년은 의연하고 따뜻한 형이었다. 인생을 다 살지도 않고 경험치도 적은 나이 어린 소년이 어떻게 그런 생각을 했을까.

미국의 한 사업가는 강물 위에 떨어진 여객기 속에서 유순해졌다. 주변에서 연기가 피어오르고 비명이 터져 나왔으며 강물이 들이쳤다. 남자는 후회했다. 강하고 대쪽같은 자신의 고집스러운 성격으로 친구와 동료와 아내의 마음을 할퀴고 다치게 했던 자신을 반성했다. 가까스로 살아남게 된 그 남자는 예전보다 훨씬 부드러운 사람이 되었다.

톨스토이의 말처럼 "30분 후에 죽는다는 걸 아는 사람은 사소한 일이나 바보 같은 일 그리고 무엇보다 나쁜 일을 하지 않을 것"이 분명하다. 문제는 남은 인생의 길이다. 30분 후에 죽을 것 같으면 사람은 눈 깜짝할 사이에 현명해진다. 당장 다툼과 비난과 거짓말을 멈출 것이다.

그런데 50년을 더 산다고 생각하면 게으른 부자처럼 느긋해져 어리석고 나쁜 짓을 지속하게 된다. 행복하고 현명한 삶을 미루게 되는 것이다. 하지만 50년은 긴 시간이 아니다. 100살 노인에게도 인생은 쏜살처럼 지나간다. 죽을 때 돌아보면 1년은 1초와 다르지 않다. 당장 죽는다고 생각해보자. 지금까지 살아온 것보다 더욱 현명하고 행복해질 것이다.

절망과 미움과 두려움은 '오래 살겠지' 착각하는 데서 생긴다. 우리는 언젠가 모두 죽는다는 사실을 기억하자. 이미 죽었다고 가정하는 것도 좋다. 자신을 삶의 끝에 세우면 "삶의 진정한 의미가 무엇일까?"라는 난해한 질문에 대한 답을 빛처럼 빠르게 구하게 될 것이다. 자신의 죽음을 상상할 때 우리는 최선의 존재로 비약한다.

2장
삶의 끝에서야
그렇게 지겹던 가족이 소중해졌다

5
장

간절하고, 뜨겁고, 다정한 사랑을
삶의 끝에서야 비로소 깨달았다

1장

삶의 끝에서야
내 인생이
그래도 행복했단 걸
깨달았다

제발, 인생을 받아들이고
끝까지 즐기세요

삶을 사랑한 36살 대장암 환자
키틀리

영국인 샬럿 키틀리Charlotte Kitley는 2014년 36살 나이
에 대장암으로 사망했다. 2012년에 등이 아파서 병원을 찾았다
가 대장암 4기라는 진단을 받았다. 충격이었다. 그 전까지는 너
무나 행복했다.

키틀리는 삶을 뜨겁게 사랑하는 스타일이었다. 키틀리가 보
기에 인생에는 행복하고 재미있는 일이 가득했다. 낚시, 초콜릿
만들기, 풍선 공예 그리고 헬리콥터 조종 등을 배우느라고 정신
없이 바빴다. 남편과 두 명의 아이 그리고 소중한 친구들 덕분에

키틀리는 불행할 틈이 없었다.

당연히 키틀리는 행복을 잃고 싶지 않았다. 어떻게든 살아남고 싶었다. 암이 간과 폐에 전이됐지만 포기하지 않았다. 대장과 간에서 종양을 제거하기 위해 2번의 수술을 했고 방사선 치료 25회와 화학 요법을 39회 받았다. 하지만 암은 막강했다. 도저히 이겨낼 수가 없었다.

죽음이 가까워지자 키틀리는 남편과 딸과 아들 그리고 사랑하는 사람들에게 편지를 써서 SNS에 공개했다. 편지 내용은 두 부분으로 나뉜다. 먼저 가족과 헤어지는 슬픔을 표현했다. 그다음은 간곡한 당부다. 친구들에게 웃고 춤추듯이 즐겁게 살아야 한다고 강조했다.

"여러분이 이 편지를 읽을 때면 나는 세상에 있지 않을 겁니다. 남편 리치는 꿈에서 나를 보겠지만, 아침 햇살에 눈을 뜨면 침대가 비어 있을 거예요. 그는 커피를 한 잔만 만들어도 되는데 습관처럼 잔을 두 개 꺼내겠죠. 딸 루시가 머리띠 상자를 열어도 머리를 땋아줄 엄마는 없을 거예요. 레고 경찰관을 잃어버린 아들 대니에게 어디서 찾아보라고 일러줄 사람도 없을 겁니다."

키틀리는 자신이 가족의 삶에 공백을 만드는 게 슬펐다. 남편은 오랫동안 아내의 부재에 적응하지 못할 테고 아들과 딸은 엄마의 보살핌을 영영 받을 수 없게 된다. 키틀리는 가족들 마음에 뚫리게 될 작은 구멍이 자기 잘못처럼 미안했다. 키틀리가 삶의 끝에서 깨달은 첫 번째는 육아의 행복이다.

"아침마다 아이들에게 소리치고 재촉하고 이를 닦아주는 것이 얼마나 큰 축복인지 여러분은 정말 모를 겁니다."

누구에게나 육아는 기쁨이자 고통이다. 아무리 사랑이 많고 인내심이 강한 엄마도 힘들 때가 많다. 아이들은 미소 지을 때는 천사인데 짜증 낼 때는 못된 원수가 된다. 막상 아이들을 떠나게 되자 키틀리는 떼쓰며 우는 아이도 역시 예쁜 천사라는 걸 알게 된다.

키틀리는 활달하고 적극적이었던 자신의 성격에 어울리는 조언도 남겼다. 자신의 삶을 후회 없이 즐기라고 친구들에게 말한다.

"제발, 제발 인생을 즐기세요. 인생을 받아들이고 두 손으로 꼭 잡아요. 인생 일분일초의 가치를 믿으세요. 사랑하는 사람을 껴안아주세요. 그런데 그 사람이 당신을 안아주지 않으면 어떻게 해야 할까요? 다른 사람을 만나면 돼요. 사랑을 주기만 해서는 안 돼요. 받기도 해야 합니다. 부족한 사랑에 절대 만족하지 마세요. 그리고 즐길 수 있는 일을 찾되 일의 노예는 되지 말아요. 묘비에 '더 열심히 일했어야 해'라고 쓸 사람은 없으니까요. 춤추고 웃으세요. 친구들과 식사를 많이 하세요."

중요한 메시지가 들어 있다. 나를 사랑해주지 않으면, 그런 사람은 버리고 다른 사람을 찾아야 한다. 서로 듬뿍 주고받으면서 사랑해야 진짜 사랑이라고 키틀리는 강조했다. 아주 씩씩한 사람이다. 또한 친구들을 자주 만나고 실컷 춤을 추면서 웃으라고 권했다. 듣기만 해도 기운이 난다. 인생사 뭐 있겠나. 일을 조금 하고 실컷 만나고 웃고 놀아야 좋은 인생이다. 그녀는 사랑과 인생을 즐기는 법을 알고 있는 사람이다. 키틀리는 삶 속에서 아름다움도 찾아내야 한다고도 조언했다.

"아름다운 것들이 당신을 둘러싸게 하세요. 인생에는 회색빛이나 슬픔이 아주 많아요. 하지만 무지개를 꼭 찾아내서 마음에 담으세요. 어떤 것에든 아름다움이 있어요. 아름다움을 열심히 찾아봐야 해요."

아름다운 삶도 공짜로 주어지지 않는다는 의미다. 무지개처럼 아름답고 예쁜 것이 저절로 우리를 찾아오지 않는다. 어딘가에 숨어 있게 마련이니 적극적으로 찾아내야 한다. 어떤 게 있을까. 가령 엄마의 얼굴, 강아지의 눈망울, 연인의 미소는 유심히 바라봐야 더욱 감동적이다. 살찐 남편이나 중년 아내에게도 아름다움이 숨어 있다. 그것을 찾아내서 인정해줘야 내 삶도 아름다워진다.

죽음이 임박한 키틀리가 권한 것은 결국 적극적이고 주도적인 행복이다. 가만히 있으면 행복할 수 없다. 주변의 사람에게서 아름다움을 찾아내야 내가 행복하다. 또 사랑을 구걸하지 말고 공정한 사랑을 당당히 요구해야 하며 일분일초 신나게 만끽해야 한다. 더 오래 춤추면서 웃고 싶었지만 36살에 떠난 키틀리가 남긴 조언이다.

삶의 마지막 시간에 세계 여행을 다닌 35살
매드슨

35살에 숨진 캐나다 여성 베일리 진 매드슨Bailey Jean Matheson도 인생을 즐겁게 사는 법을 알려준다. 매드슨에 따르면 먼저 심각해지지 말아야 한다. 그다음으로 자유롭게 자기표현을 하는 게 중요하다.

매드슨은 2017년에 평활근육종 진단을 받고 2019년 4월에 세상을 떠났다. 삶의 끝이 다가오자 그녀는 고민에 빠졌다. 치료할 수 없다는 걸 알면서도 얼마 남지 않은 시간을 병원에서 보내야 하나 싶었다. 부모님을 비롯해 많은 사람이 염려했지만 매드슨은 결국 병원을 나와 꼭 하고 싶은 일들을 시작했다.

가장 좋아하는 밴드인 콜드플레이의 공연을 두 번 봤다. 또 미국, 노르웨이, 크로아티아, 그리스 등 13개 나라를 여행했다. 남자 친구 앤드류스와 함께였다. 그는 암 진단을 받기 3개월 전에 만났는데 언제나 함께 있어 줬다. 그녀는 여행뿐만 아니라 시간을 내서 여러 친구를 만나고 가족들과 즐겁게 지냈다. 매드슨은 마지막 순간까지 행복을 누리며 시간을 보냈다.

매드슨이 세상을 뜬 직후 신문에 그녀의 죽음을 알리는 부고 기사가 실렸다. 매드슨 자신이 쓴 글이었다. 기사는 가족과 세상 사람들에게 보낸 이별 편지였다. 그녀의 글은 이렇게 시작했다.

"35년 내 인생이 길지는 않지만, 너무나 좋았어요."

짧은 문장인데 마음이 뭉클해진다. 100년도 아니고 50년도 아니다. 기껏 35년밖에 못 살았으니 애통할 만한데 매드슨은 행복했다고 했다. 화사하게 웃는 젊은 여성의 영정 사진을 떠올리게 된다. 그녀는 무엇보다 끝까지 자신을 사랑하고 의견을 존중해준 부모님에게 감사했다.

"아이를 잃는 것이 부모로서는 가장 힘든 상실이라고 엄마가 말씀하신 게 기억나요. 부모님은 화학 치료를 받지 않겠다는 내 결정을 지지해주셨어요. 덕분에 나는 원하는 대로 삶의 끝을 살 수 있었어요. 내가 치료받지 않고 순리에 맡기겠다고 해서 부모님은 매우 힘드셨을 거예요. 두 분을 아주 많이 사랑합니다."

그러고는 많은 사람에게 인사를 전했다. 자신을 돌봐준 의사와 간호사, 친구, 먼저 돌아가신 할머니 할아버지에 대한 인사도 빼지 않았다. 아끼던 여러 마리의 반려동물 이름도 하나하나 불러가며 잘 살라고 기원했다. 편지의 마지막 문장에는 그녀가 가장 중요하게 생각하는 메시지를 담았다.

"작은 일들 때문에 심각해지지 말고 신나게 사세요."

매드슨이 바라본 인생은 아름답고 행복하다. 즐거운 일이 가득해서 평생 다 누리기도 힘들다. 그런데 사람들은 작은 문제로 쉽게 심각해 하며 즐거움을 스스로 망친다.

공감되는 지적이다. 우리는 줌렌즈를 눈에 끼고 살면서 미세한 문제를 확대하고 무의미한 일을 과잉 해석한다. 그런 과장이 불행의 원인이다.

즐겁게 살려면 작은 문제를 작은 것으로 여겨야 한다. 작은 일을 무시하는 순간 우리는 행복해진다. 심각해지는 습관 말고도 나쁜 게 있다. 자기 생각을 억누르고 표현하지 않는 것이다.

"암 진단을 받으면 수동적인 삶을 살지 않게 돼요. 하고 싶은 일은 모두 하고, 말하고 싶은 건 모두 말하게 됩니다."

매드슨은 암 진단을 받은 뒤 적극적으로 행동하고 말했다. 세계 여행 같은 원했던 일을 실컷 했고 마음속 생각도 속 시원히 쏟아냈다. 진작 그랬어야 했다는 게 매드슨의 후회다. 그래서 자신처럼 자유롭게 말하고 행동하라고 사람들에게 당부했다. 미국의 소설가 로리 할스 앤더슨Laurie Halse Anderson도 이렇게 말했다.

"자기 자신을 표현하지 않으면 사람은 한 번에 한 조각씩 죽는다."

설득력이 높은 말이다. 하고 싶은 말을 참으면 내면의 일부가 죽는다. 사랑의 감정을 숨겨도 내면이 생명을 잃고 무너진다. 항의와 반대의 말을 속으로 삼키는 사람은 마음도 조금씩 죽게 된다. 적극적으로 말해야 한다. 열심히 표현하는 것이 좋다. 그래야 내 마음이 죽지 않는다.

죽음을 맞는 사람들은 운명을 받아들이면서 정신이 훌륭한 사람으로 성장한다. 시한부 삶을 사는 사람들은 행복의 밀도가 높다. 우리는 그들의 현명함을 본받아야 한다.

일의 노예가 되지 말아야 한다. 사랑을 주지 않는 사람에게 매달리는 바보 같은 짓으로 시간을 낭비하는 것도 해롭다. 언제나 신나게 춤추고 웃으며 살려고 애써야 한다.

매드슨은 작은 문제에 집착하지 않는 게 행복의 비결이라고 지적했다. 또 하고 싶은 일이나 말을 참지 말라고 응원했다. 그래야 세계 여행처럼 신나는 인생이 시작된다.

삶의 끝에서 가장 후회한 것들

누구나 행복하고 즐거운 인생을 살고 싶어 한다. 그런데 많은 사람이 죽을 때 후회한다. 삶의 끝에서 사람들이 가장 후회하는 것이 무엇일까. 호주의 간호사 브로니 웨어Bronnie Ware 는 한 책에서 이 흥미로운 질문에 답했다. 호스피스 병원에서 수년 동안 일하면서 환자들에게 '가장 후회되는 것이 무엇이냐'고 물었는데, 많은 사람이 비슷한 후회를 했다고 한다. 브로니 웨어가 꼽은 대표적 후회는 다섯 가지다.

첫 번째로 사람들은 원하는 삶을 살지 않은 걸 후회한다. 생각보다 많은 사람이 자기가 아니라 남을 위해 산다. 주변 사람의 기대를 충족시켜 그들을 웃게 만들려고 인생을 낭비하는 것이다. 직업을 예로 들어보자. 의사나 변호사나 대기업 직원의 경우 그 직업이 자신이 원한 것이라면 행복하겠지만, 부모가 원하고 친구들이 부러워해서 택한 직업이라면 오히려 불행의 원인이 된다. 꼭 직업만 문제가 되는 것이 아니다. 삶의 태도다. 남을 의식해서 나의 태도를 결정하는 것은 큰 불행이다. 스위스의 작가인 알랭 드 보통Alain de Botton은 유명한 말을 했다.

"하나의 큰일이 우리를 죽이는 게 아니다. 다른 사람이 실망하는 게 무서워서 거절하지 못한 수천 개의 작은 의무가 우리를 죽게 한다."

우리 삶은 한 번의 큰 사건 때문에 망가지는 게 아니다. 남이 씌워준 작은 의무들을 이행하는 동안 삶이 조금씩 붕괴하게 된다. 기억하는 것이 좋다. 언제나 자신이 원하는 것에 집중해야 한다. 사람은 죽을 때 자기가 원한 삶을 포기했던 걸 가장 안타까워한다.

두 번째로 사람들은 일을 너무 열심히 한 것도 후회한다. 브로니 웨어가 간호했던 많은 남성이 그런 후회를 했다. 일하느라고 바빠서 자녀와 시간을 보내지 못했다는 사람들이 많았다. 자녀와 아내의 마음을 차분히 읽을 시간도 없었다. 사회적 성공을 거뒀으니 겉은 화려할지 모르지만 속은 공허하다. 돈과 높은 지위만 바라보면서 일 중독자가 되면 죽을 때 깊이 후회하게 된다.

세 번째 후회는 매드슨의 조언을 떠올리게 한다. 삶의 끝에서 사람들은 감정을 표현하지 않았던 것을 후회한다. 좋고 싫고 기쁘고 슬픈 감정을 드러내지 못하고 억누르는 사람이 많다. 다른 사람의 마음이 다칠까 봐 걱정돼서다. 때로는 미움받을까 두려워서 감정을 숨긴다. 이유가 무엇이건 감정을 숨기는 건 불행의 시작이다. 삶의 마지막 순간에 뉘우치고 한탄하게 된다.

네 번째 전형적인 후회는 친구 문제다. 사람들은 죽음이 다가오면 친구를 그리워한다. 아름다운 시절을 함께했거나 아픔을 나눴던 친구의 이름과 얼굴이 뇌 속에 뚜렷하다. 그런데 친구들과 연락을 유지하는 사람이 많지 않다. 점점 연락이 뜸해지면서 멀어져버린다. 호스피스 병동의 많은 환자가 친구들과 연락을 끊은 걸 후회했다.

다섯 번째 후회는 행복을 선택하지 않은 것이다. 사람들은 죽을 때가 돼서야 행복이 선택의 문제라는 걸 깨닫는다. 행복은 내 의지로 선택하는 것이다. 나를 행복하게 할 사람을 만나고, 행복한 일을 하고, 행복한 태도를 골라서 선택해야 내가 행복해진다. 반대로 해로운 사람에게 오래 붙어 있으면 자연히 불행해진다. 사람들은 행복을 적극적으로 선택하지 않은 걸 인생 최후의 순간에 안타까워한다.

늙거나 병든 내가 무엇을 후회할까 상상해보자. 앞으로 1시간도 살지 못하는 늙은 나는 무엇을 가장 후회하고 안타깝게 여길까. 답을 구했다면 행복의 비법 하나를 얻은 셈이다. 죽을 때 후회할 일을 지금부터 하지 않으면 나는 죽음에 가까워져도 행복할 것이다.

이렇게 자문하면 답을 찾는 데 도움이 된다. 나는 남을 기쁘게 하려고 살고 있지는 않은가? 내 감정을 억누르며 인생을 허비하고 있지는 않은가? 친구의 가치를 잊은 건 아닐까? 내 행복에 무관심하거나 무지한 것은 아닐까? 자문자답할 거리는 아주 많다.

두려움을
이기는 3가지 비밀

마음이 밝은 14살 암 환자
에스더

10대들은 삶의 끝에서 어떤 생각을 할까? 먼저 성격이 밝은 14살 미국 소녀 에스더 얼Esther Earl의 이야기를 소개한다. 매사추세츠에 살던 에스더는 2010년 세상을 떠났다. 4년 동안 괴롭히던 갑상샘암이 16살 소녀의 목숨을 앗아갔다. 그런데 에스더가 세상을 떠나고 1년 정도 지났을 무렵 부모는 이메일로 편지 한 통을 받고 눈물을 쏟게 된다.

편지는 딸 에스더가 14살 때 미래의 자신에게 편지를 보내주는 사이트에서 쓴 거였다. 에스더는 17살 자신에게 편지를 썼는데 16살까지밖에 살지 못하고 세상을 떠나서 부모가 대신 편지를 받았다. 편지에서 14살의 에스더는 미래의 자신에게 소원을 이뤘는지 물었다.

"기억나? 넌 세상을 위해서 뭔가를 하고 싶다고 항상 말했잖아. 아직 놀라운 일을 못 했다면 다시 시도하는 걸 잊지 마. 너는 다시 도전해서 성공을 이룰 수 있어. 좀 웃긴 일이지만 남자 문제는 어때? 키스는 해봤어? 나는 건강이 나쁘지만 좋은 남자 친구를 만나고 싶어. 바보 같지만 그런 걸 원하게 되네. 너를 좋아해주고 너도 마음에 든 사람이 있었니?"

14살 에스더는 어른스러웠다. 자기 생각만 했던 게 아니라 세상을 위해 좋은 일을 하고 싶어 했다. 에스더는 자기만 아는 철부지가 아니라 이타적이고 정의로웠다. 에스더는 자기 나이에 딱 맞는 고민도 했다. 바로 남자 친구 문제였다. 이성이나 키스가 궁금했고 연애 감정이 어떤 것인지 무척 알고 싶었다.

남자 친구를 원했던 에스더의 마음 깊은 곳에는 평범해지고 싶은 바람이 있지 않았을까. 다른 친구들처럼 건강하고 신나게 지내는 17살 아이로 특별할 것 없는 기쁨을 누리며 지내는 걸 꿈꿨을 것이다. 그러나 보통 아이들에게는 아무것도 아닌 그 소박한 꿈을 에스더는 이룰 수가 없었다.

14살 에스더는 엄마 걱정이 컸다. 엄마를 더 많이 사랑해주라고 미래의 자신에게 부탁한다.

"엄마는 어때? 다시 학교에서 학생들을 가르쳐? 엄마는 행복해? 지금은 엄마가 너무 힘들어. 항상 완전히 지친 모습이야. 너무 많은 걸 하고 있어. 나는 엄마를 사랑해. 사랑한다는 말을 매일 해주는 걸 잊지 마."

엄마는 자기 일을 그만두고 아픈 딸을 아침부터 밤까지 보살폈다. 매일 걱정과 피로감 때문에 고생스러웠지만 어린 딸이 죽는 것은 어떻게든 막아야 했다. 딸 에스더로서는 엄마의 헌신에 보답할 수 있기를 바랐다. 자신이 건강해져 다시 행복해진 엄마에게 매일 사랑한다고 말해줄 생각이었다.

가여운 14살 소녀는 어른들에게 중요한 교훈도 준다. 에스더는 편지의 끝부분에서는 자신의 행복을 이렇게 빌었다.

"꼭 행복해야 해. 행복하지 않다면 너를 행복하게 만들 일을 하면 돼. 아니면 아무것도 하지 말고 너를 행복하게 할 사람과 지내봐."

14살 소녀가 인생의 비밀을 알고 있었다. 에스더가 말하는 행복의 방법은 딱 두 가지다. 첫 번째는 나를 행복하게 만드는 일을 하는 것이다. 두 번째는 내게 행복을 주는 사람과 시간을 보내는 것이다. 단순하지만 이보다 명확한 행복 비결은 없다.

나를 기쁘게 만드는 일을 하고 나를 기분 좋게 만드는 사람을 만나면 우리는 행복해진다. 상쾌한 글을 읽고 행복한 생각을 하며 흥겨운 음악을 들어도 불행이 옅어진다. 좋은 것 또는 좋은 사람과 지내려고 노력하기만 하면 행복해진다고 14살 소녀는 알려준다.

에스더는 아주 밝고 긍정적인 마음을 가진 것처럼 보인다. 그런데 마음 깊은 곳은 어두웠다. 편지를 쓴 즈음에 공개한 유튜브 영상에서 '암이 줄어들지 않고 내 뼈까지 퍼질까 봐 무섭다'고 했다. 또 '친구들과 많이 만나지 못해서 외롭고 병과 싸우느라 매일 피곤하고 혼란스럽다'고도 했다. 목숨을 놓고 암 덩어리와 4년 동안 사투를 벌여야 했으니 어린 에스더가 슬프고 두려운 건 당연했다.

미래의 자신에게 쓴 이메일이 부모에게 발송된 이유만 살펴봐도 가엾다. 에스더는 편지 수신자를 자신으로 설정할 수 없었다. 곧 세상을 떠날지도 몰랐기 때문이다. 에스더는 자신이 17살에는 세상에 없으리라 생각하며 미래의 17살 에스더에게 편지를 썼다. 자신이 사라질 것을 예감하면서 자신에게 행복을 빌었다. 무척 외로웠을 것이다.

부모가 읽게 된 그 밝고 귀여운 편지는 에스더가 슬픔을 이겨내고 쓴 것이다. 아니면 반대로 슬픔을 씻어내기 위해 썼다고 할 수도 있다. 깊은 슬픔과 두려움을 응시하며 맞섰던 에스더는 용감하고 의연하고 굳세다.

 배려심 많은 14살 앨버트가
동생에게 남긴 유산

14살 에스더는 미래의 자신에게 편지를 썼다. 또 다른 14살 소년은 동생에게 메시지를 전해서 유산을 남겼다. 1902년 미국에서 있었던 일이다. 테네시주에 있는 탄광에서 폭발 사고가 일어나 광부 216명이 사망했다. 땅굴이 무너지고 화재도 일어나 대부분은 사고 초기에 생명을 잃었다. 그중 수십 명은 몇 시간 동안 버티며 구조를 기다렸고 일부는 가족에게 편지를 남겼다.

광부 제이컵 바웰Jacob Vowell은 아내에게 편지를 쓴다. 그런데 슬프게도 광부의 곁에는 14살 아들 앨버트가 있었다. 아빠와 함

께 왔다가 사고를 당한 것이다. 광부의 마음 아픈 편지를 옮기면
아래와 같다.

"사랑하는 엘렌. 나와 앨버트의 이별 인사를 전해요. 공기가 우
리 생명을 지탱해주길 기도하지만, 산소는 부족하고 점점 상황
이 나빠지고 있어요. 호레이스에게 전해주세요. 앨버트가 자기
옷과 신발을 준다고 해요. 지금은 1시 30분이에요.
당신이 착하게 살아서 하늘나라로 오길 바랍니다. 나쁜 공기가
빠르게 우리 쪽으로 오고 있어요. 엘렌, 당신을 너무 나쁜 환경
에 놓아두고 가요. 그래도 아이들을 잘 길러주세요. 당신과 함
께 있다면 얼마나 좋을까요. 하지만 안녕.
나와 앨버트를 에디(과거에 죽은 아들) 곁에 묻어주세요. 엘렌
안녕. 릴리 안녕. 지미 안녕. 미니 안녕. 호레이스 안녕. 오, 신이
여. 한 번만 더 숨을 쉴 수 있다면…. 엘렌, 살아 있는 동안 나를
기억해줘요. 안녕, 내 사랑. 지금은 2시 25분입니다."

가난한 광부 제이콥은 아이를 넷이나 아내에게 맡기고 떠나
야 했다. 너무나 나쁜 환경에 아이와 아내를 방치하게 됐다. 얼
마나 미안했을까. 가족의 미래가 걱정돼 마음이 찢어질 듯 아팠
을 것이다. 그런데 탄광에 갇힌 자신은 해줄 것이 없다. 오직 아

이를 잘 기르라고 기원할 뿐이었다. 점점 숨이 막히고 두려움에 몸이 떨렸겠지만, 마음을 전하기 위해서 꾹 참고 편지를 썼다.

그런데 편지에는 14살 앨버트의 유언도 포함돼 있다. 앨버트의 마음이 눈물겹다. 탄광에 갇힌 앨버트는 아끼던 옷과 신발을 동생에게 넘겼다. 일종의 유산을 남긴 것이다. 자신의 죽음을 받아들였다는 이야기가 된다. 중학교 2학년 정도의 아이라면 죽음의 공포로 바들바들 떨면서 아무것도 하지 못하는 게 정상이다. 그런데 앨버트는 자신의 사후 상황까지 정리했다. 어린 소년이 믿을 수 없이 의연했다.

앨버트도 죽을 것을 알았을 텐데 그 상황에서 동생에게까지 마음을 쓴 이유는 무엇일까. 사랑하는 동생을 행복하게 해주고 싶어서가 아닐까. 평소 자신의 옷과 신발을 부러워했을 동생 호레이스에게 호의를 베푼 뒤 앨버트 자신도 조금 행복해졌을 것이다.

14살 앨버트도 기분 좋아지는 법을 한 가지 알고 있었다. 내 것을 남에게 주면 기분이 좋아진다. 내 것을 받은 타인이 행복해하면 나도 행복해진다. 소유보다는 나눔이 더 기쁘다. 이 단순하지만 중요한 사실을 삶의 끝에 섰던 어린아이가 알고 있었다.

그리고 앨버트는 튼튼한 마음을 가졌다. 죽음의 공포를 참으면서 동생을 기쁘게 해줄 방법을 생각해냈다. 슬픔을 견디며 밝

은 미래 편지를 썼던 14살 소녀 에스더처럼 앨버트도 용감하고
의연했다.

16살 레지스탕스가
사형 당일 쓴 편지

16살 프랑스 소년 앙리 페르테Henri Fertet의 죽음은 사
회적이고 정치적이다. 질병이나 사고 때문이 아니라 사형 집행
장에서 숨을 거뒀다. 페르테는 조국 프랑스를 위해 자신의 목숨
을 내놓았다. 하지만 영웅처럼 당당했던 페르테는 아직 어린 10
대 소년에 불과했다. 소년은 죽음 앞에서 아이처럼 슬퍼하거나
무서워하지 않으려 무척 노력했다. 그렇기에 페르테가 남긴 편
지는 더욱 애달프다.

페르테는 2차대전 중 프랑스를 점령했던 나치에 항거하다가
붙잡혀 1943년 9월 총살형을 당했다. 당일 아침 부모님에게 쓴
편지는 세계 최대의 정치행사에서 읽혔을 정도로 상당히 유명
하다.

2019년 영국 포츠머스에서 노르망디 상륙 작전 75주년 기념
식이 열렸다. 영국 여왕과 미국 대통령을 비롯한 유럽 여러 나라

의 정상들이 모인 가운데 프랑스 마크롱 대통령이 페르테 편지
의 축약본을 낭독했다.

"부모님께.
제 편지가 두 분에게 큰 고통을 주겠죠. 하지만 저는 부모님이
용감하다는 걸 알고 있어요. 또 용기를 잃지 않을 거라고 확신
해요. 저를 사랑하신다면 부디 용기를 잃지 말아주세요.
부모님께 죄송해서 제가 얼마나 괴로워했는지 또 두 분을 볼
수 없어서 얼마나 힘들었는지 모를 거예요. 제가 87일 동안 교
도소에 있으면서 그리워한 것은 소포가 아니라 두 분의 사랑이
었어요.
제가 드린 고통과 아픔을 용서해달라고 자주 빌었어요. 제가 두
분을 정말 사랑하는지 의심할 수도 있겠죠. 전에는 제가 형식적
으로만 사랑했으니까요. 그런데 이제는 두 분이 제게 했던 모든
것을 이해해요. 저는 부모님을 진정으로 사랑하게 됐어요.
제게 관심 가져주신 모든 분께 감사드려요. 특히 가까운 가족
과 친구들에게요. 그들에게 프랑스에 대한 제 신념을 알려주세
요. 할아버지와 할머니, 삼촌, 숙모, 사촌에게 따뜻한 포옹을 전
해주세요. 본당 신부님께 전해주세요. 신부님과 신도와 가족들
을 많이 생각했다고요.

저는 나라를 위해서 죽습니다. 자유 프랑스를 원해요. 또 프랑스 국민의 행복을 원해요. 세계를 이끄는 오만한 프랑스가 아닌 근면하고 정직한 프랑스를 바랍니다.

제 걱정은 하지 마세요. 저는 용기를 잃지 않았고 유머 감각도 끝까지 지킬 거예요. 그리고 사랑하는 엄마가 가르쳐준 프랑스 군가를 부를 거예요.

군인들이 저를 찾으러 오고 있어요. 그들의 발소리를 들으며 기다립니다. 제 글씨가 떨릴 텐데 연필이 짧아서예요. 저는 죽음이 두렵지 않아요. 의식이 완전히 뚜렷합니다.

아빠, 기억해주세요. 제가 죽는 건 좋은 일을 위해서예요. 더 영광스러운 죽음이 또 있을까요? 저는 조국을 위해 기꺼이 죽습니다. 우리는 하늘에서 곧 만나게 되겠지요.

안녕. 죽음이 부르네요. 저는 눈을 가리지도 않고 기둥에 묶이지도 않을 거예요. 두 분 모두를 끌어안아요. 그래도 죽는 건 힘드네요. 천 번의 키스를 보내요. 프랑스 만세!

16살에 죽음을 맞게 된 아이. H. 페르테.

철자 실수가 있어도 이해해주세요. 다시 읽을 시간이 없어요.

앙리 페르테."

극적인 긴장감과 슬픔을 일으키는 유서다. 페르테에게 다가

오는 군인들의 발소리가 들리는 것 같아서 가슴이 쿵쾅거린다. 죽음이 두렵지 않다고 했지만 두려움이 확연해서 애달프다. 철자가 틀릴까 봐 걱정한 마음이 귀여워서 눈물이 난다. 그리고 공포와 슬픔을 이겨내려는 소년의 의지가 감동을 준다.

어린아이들도 죽음의 공포와 맞서는 방법을 체득했다. 그리고 삶의 끝에서 무엇을 해야 옳은지 알고 실행에 옮겼다. 암에 걸린 14살 소녀 에스더는 엄마의 행복을 빌었고, 탄광에 간힌 14살 소년 앨버트는 자신의 물건을 동생에게 물려줬으며, 사형장으로 가는 16살 소년 페르테는 숨겼던 사랑을 부모에게 고백했다. 누구나 두려움이나 슬픔 또는 고통을 앞에 두고 있을 것이다. 어떻게 하면 이 아이들처럼 의연하고 지혜로울 수 있을까. 삶의 끝에 섰던 아이들이 다 큰 어른에게 숙제를 내고 교훈도 준다.

감사하며 사는 사람은
죽음 앞에서도 웃는다

세상에서 가장 행복한 유서를 남긴
맥매너미

내가 읽은 200편 정도의 유서 가운데 최고로 행복한 인사를 남긴 사람이 있다. 미국 매사추세츠의 여성 헤더 맥매너미Heather McManamy가 가장 화사한 유서의 주인공이다.

그녀는 2015년 30대 중반에 암으로 숨졌다. 30대도 창창한 나이다. 앞으로 50년도 살 수 있으니까 세상을 뜨기엔 너무 아깝다. 게다가 맥매너미의 삶은 무척 행복했다. 자신을 최고의 친구처럼 대해주고 아낌없이 사랑을 줬던 남편이 있었다. 또 4살 된 사랑스런 딸이 있었다.

맥매너미의 마지막 편지는 그녀가 죽은 뒤 페이스북에 공개
됐는데, 그녀는 속어까지 쓰면서 행복과 감사를 격정적으로 표
현했다.

"사랑과 즐거움과 환상적인 친구들이 넘쳐난 삶을 살았던 게
나는 정말 미치게 기뻐요. 솔직히 나는 후회가 전혀 없어요. 인
생을 가장 충만하게 사느라 에너지를 남김없이 썼어요. 여러분
모두를 사랑해요. 이런 멋진 인생을 살게 해줘서 고마워요."

세상을 뜬 사람의 유서니까 경건해져야 하는데 오히려 기분
이 북돋는다. 안타까운 죽음인데도 연민보다는 감탄스럽다. 사
랑이 넘치고 즐거움이 끊이지 않은 인생을 살았다니 일찍 떠난
그녀지만 부러울 지경이다. 그렇게 행복한 삶은 누구보다 딸과
남편 덕분이다.

"딸 브리애나에게 얘기해주세요. 내가 너무나 사랑하고 언제
나 자랑스러워했으며 앞으로도 자랑스럽게 여길 거라고 알려
주세요. 나는 브리애나의 엄마인 것이 무엇보다 좋았어요. 그
어떤 것보다요. 아이와 함께 있는 모든 순간은 행복이었어요.
브리애나가 이 세상에 짠하고 나타나기 전까지는 상상도 못 했

던 행복이었죠.

또 중요한 게 있어요. 내 인생의 사랑이자 제일 친한 친구인 제프와 10년 넘게 살았던 것은 믿을 수 없는 행운이에요. 진정한 사랑이면서 동시에 영혼이 통하는 사람이 분명히 존재해요. 제프와 함께 매일 웃음과 사랑을 나눴어요. 그는 정말로 우주 최고의 남편이에요.”

맥매너미는 딸과 남편을 행복하게 만드는 특별한 능력이 있다. 그녀는 딸 브리애나의 엄마로 살았던 것이 가장 좋았다고 했다. 이 말을 전해 들은 딸의 마음은 두둥실 떠오를 것이다. 자신이 엄마에게 큰 선물을 줬고 더없이 행복하게 만들었다니 기쁘고 뿌듯할 것이다. 엄마는 딸의 자긍심을 높일 찬사를 남겼다.

맥매너미의 남편 사랑도 눈뜨고 보기 어려울 정도로 지극하다. 그녀에게는 남편 제프가 우주 어디에 내놔도 빠지지 않을 위대한 남편이다. 보통 남자들은 평생 들어보지 못할 최고의 찬사다. 남편에게도 맥매너미가 우주 최고의 아내로 기억될 것 같다.

맥매너미의 높은 자긍심도 감탄스럽다. 보통은 '암과의 싸움에서 졌다'고 표현한다. 하지만 그녀는 달랐다. '내가 암에 졌다고 말하지 말아 달라'고 부탁했다.

왜냐하면 '암은 내게서 거의 모든 것을 가져갔지만, 내 사랑과 희망과 즐거움을 절대 빼앗지 못했기 때문'이라고 했다.

맞는 말이 아닐까. 치명적 질병에 남김없이 패배하는 사람도 분명히 있다. 병에 걸려서 생명을 잃을 뿐 아니라 희망도 놓치고 자신의 운명을 미워한다면 암이 완승한 게 된다.

반면 맥매너미에게 암이 빼앗은 것은 생명뿐이다. 그녀는 사랑과 희망과 기쁨을 끝까지 지켜냈다.

암이 고통을 줘도 더 뜨겁게 사랑했고 더 많이 희망했으며 더 기뻐했다. 암은 필사적으로 덤벼들었지만, 그녀를 패배시키지 못했다.

맥매너미는 유서 후반에서 친구들에게 '가장 놀랍고 경이로운 인생을 살게 해줘서 고맙다'고 했다. 또 '나를 믿을 수 없이 잘 돌봐준 감동적인 의사와 간호사들에게 감사하다'고 인사했다. 그러고는 친구들에게 두 가지 당부를 남겼다. 먼저 자기 때문에 슬퍼하지 말라고 했다.

"나는 하늘에 있지 않아요. 나는 여러분과 여기에 있어요. 나의 에너지, 나의 사랑, 나의 웃음 그리고 멋진 기억들 모두 여기에 여러분과 함께 있어요. 연민이나 슬픔으로 나를 생각하지 마세요. 우리가 신나는 시간을 함께 가졌다는 걸 알고 있죠? 웃으세요. 나는 사람들을 슬프게 하기 싫어요."

죽더라도 멀리 떠나지 않고 추억과 함께 있을 테니 슬퍼하지 말고 웃어달라는 것이다. 세상을 떠나는 사람이 남은 사람들을 달래고 위로했다. 맥매너미는 친구들에게 또 다른 부탁도 했다.

"내 부탁을 하나 들어주세요. 우리의 멋진 인생이 쉽게 부서지는 모험이라는 걸 매일 잠깐이라도 생각해줘요. 잊지 말아요. 하루하루가 소중해요."

삶이 언제든 부서진다는 사실을 자주 생각하라는 것이다. 즉 '죽는다는 사실을 기억하라'는 메시지다. 죽음을 앞둔 많은 사람이 그걸 꼭 전하고 싶어 한다. 가족과 친구를 붙잡고 '인생이 곧 끝난다는 걸 기억하면서 현명하고 기쁘게 살아야 한다'고 말하고 싶은 게 떠나는 사람들의 공통된 마음이다.

맥매너미는 행복한 유서를 남겼다. '사랑과 즐거움과 환상적인 친구들이 넘쳐났던 삶을 산 게 미치게 기쁘다'고 했다. 어떻게 이런 밝은 인사를 쓸 수 있었을까.

그녀에게는 비범한 능력이 있었다. 감탄의 태도다. 맥매너미는 상대의 숨은 매력을 찾아내서 최대한으로 칭찬했다. 남편은 우주 최고의 남편이었고 딸은 세상 최고의 아이였으며 자신을 치료한 의료진은 믿을 수 없이 훌륭했다고 맥매너미는 후하게 평가했다. 누구든 그녀를 만나면 평생 듣지 못한 칭찬을 듣게 될 테니 기뻤을 것이다.

그런데 그런 칭찬은 본인에게 더 이롭다. 주변 사람을 극찬하면 내가 최상의 존재들에 둘러싸여서 사는 게 된다. 내 인생도 최고의 삶이 된다. 그렇게 되면 죽더라도 행복하고 즐거운 유서를 남길 수 있을 것이다.

대부분 사람은 칭찬 능력이 부족하다. 곁에 있는 사람의 장점이 무엇인지 물으면 답을 못 하는 사람이 대다수다. 주변 사람들의 단점은 꿰고 있지만, 장점은 하나도 떠올릴 수 없는 불쌍한 '칭찬 무능력자'가 세상에 가득하다.

불행한 칭찬 무능력자가 병상에서 인생을 기쁘게 회고할 가능성은 별로 없다.

행복한 인사를 남기고 싶다면 가족과 친구의 장점에 예민해야 하고 칭찬 표현도 잘해야 한다는 걸 맥매너미가 가르쳐준다.

따뜻한 유언을 남긴
칸트, 에디슨, 스티브 잡스, 프레디 머큐리

철학, 경제, 예술 분야에서 최고 경지에 이른 사람들

은 죽음도 특별했다. 마음 따뜻한 유언을 남긴 유명인들이 많다. 철학자 임마누엘 칸트Immanuel Kant가 그랬다. 병상에 누워 서서히 쇠약해지던 칸트는 "좋다"라고 말한 뒤 숨졌다. 무엇이 그렇게 좋았을까. 친구 바시안스키가 준 빵과 와인의 맛이 좋았다는 뜻이라고 생각하는 사람도 있다. 하지만 그가 혼자서 맥락 없이 뱉은 유언의 뜻을 정확히 헤아리기는 어렵다.

칸트는 다른 것이 좋았을 수도 있다. 가령 자신의 생이 만족스럽거나 죽음을 맞는 기분이 편안했다는 뜻일 가능성도 있다. 아니면 자신의 마지막을 보살피는 지인들을 향한 고마운 마음을 그렇게 말한 것인지도 모른다. 진의가 무엇이었건 부러운 유언이다. "좋다"라고 말하며 죽을 수 있다면 얼마나 좋을까. 남겨진 사람들의 마음이 따뜻해졌을 것이다.

미국의 발명가 에디슨Edison도 행복한 유언을 남겼다. 오랜 잠에 빠져 있던 그가 눈을 뜨고 말했다. "저기는 참 아름답군요." 어디를 말하는 것인지 알 수 없다. 창밖의 풍경이었는지 아니면 환영이었는지 불분명하다. 어쩌면 지나간 삶을 회상하면서 아름답다고 말했을 가능성도 있다. 혼수상태에서 깨어나 최후의 말을 뱉은 에디슨은 곧 조용히 숨졌다.

미국의 기업가 스티브 잡스Steve Jobs가 마지막 했던 말도 행복하다. 암으로 세상을 떠나기 직전 "오, 와우. 오, 와우. 오, 와우"

라고 말했다. 잡스는 먼저 누이를 바라봤고 그다음으로 아이들을 오랫동안 봤다. 마지막으로 아내에게 시선을 줬다. 그다음 "오, 와우"를 천천히 세 번 반복했다. '와우'는 감탄이나 놀라움을 표현하는 단어다. 잡스가 정확히 어떤 생각이었는지는 알 수 없지만, 그가 무언가에 감탄했던 것은 분명하다.

록밴드 퀸의 보컬이었던 프레디 머큐리Freddie Mercury의 유언도 따뜻하다. 개인 비서였던 피터 프리스톤Peter Freestone에 따르면 머큐리가 마지막으로 했던 말은 "고마워요"였다고 한다. 무엇이 고마웠던 것인지는 아무도 모른다. 다만 행복한 말투였으며 표정도 편안했다고 한다.

진심 어린 감사와
행복한 유서의 비밀

행복한 인사를 남기는 또 다른 비결이 있다. 맥매너미는 감사하는 마음이 많았던 사람이다. 친구와 딸과 남편에게 행복한 인생을 살게 해줘서 고맙다고 했다. 의사와 간호사와 친구들에게도 진심으로 감사했다. 이런 감사의 습관 역시 맥매너미가 행복한 유서를 쓰게 된 배경이다.

'감사' 하면 떠오르는 또 다른 사람이 있다. 바로 올리버 색스 Oliver Sacks다. 미국의 신경학자이자 베스트셀러 작가인 올리버는 맥매너미와 같은 해인 2015년에 사망했다. 그가 82살로 세상을 떠나기 전 쓴 글을 보면 중요한 사실을 알게 된다.

"두렵지 않은 척은 못 하겠어요. 하지만 나는 감사하는 마음이 더 큽니다. 지금까지 사랑했고 사랑을 받았어요. 지금껏 많은 것을 받았고 또 어떤 것은 나눠줬어요."

올리버는 '두렵지 않은 척은 못 하겠다'고 말했다. 중요한 대목이다. 나쁜 병에 걸려 요절하는 사람만 죽음이 두려운 것이 아니다. 100살이 넘어도 죽음은 싫고 무섭다. 올리버처럼 사색과 학식이 깊은 노학자라고 해도 죽음은 공포다. 아마 위대한 종교인도 크게 다르지 않을 것이다. 모든 생명은 죽음이 무섭다.

그런데 다행히 죽음의 공포를 견디게 하는 게 있다. 올리버의 경우는 감사한 마음이다. 사랑하고 사랑받았던 기억을 떠올리면서 감사하게 되고 감사의 마음은 두려움을 달랜다.

올리버는 41살 때도 비슷한 경험을 했다. 혼자 산에 갔다가 넘어져서 다리가 부러지면서 죽음의 위기를 맞았었다. 걷는 게 불가능한 상황에서 도움을 청할 방법도 없었다. 혼자 힘으로 살아남을 수밖에 없었다. 부목을 만들어 부러진 다리를 고정한 뒤 양팔로 기어서 산에서 내려왔다. 다친 애벌레의 모습이라고 해야 할까. 그렇게 몇 시간 동안 고통의 시간을 보냈다고 한다. 그런데 고통보다 힘든 건 두려움이었다. 죽을 수도 있다는 공포감이 그를 압도했다.

그때 올리버의 머릿속에는 수많은 기억이 떠올랐다. 좋은 기억과 나쁜 기억이 뒤엉켰다. 그리고 결론에 도달했다. 사람들과 소중한 것을 많이 주고받았으니 고마운 인생이었다고 생각한 것이다. 감사함을 느끼자 깜깜한 산속에 있던 그의 마음이 환해졌다. 감사한 마음이 죽음의 공포를 달래줬다.

행복한 인사를 남긴 맥매너미도 감사한 마음이 많은 사람이었다. "좋다"라고 했던 칸트나 "와우"라며 웃던 잡스 그리고 "감사하다"는 말을 남긴 프레디 머큐리도 비슷하다. 감사하는 사람은 삶의 끝에서도 화사하게 웃을 수 있다. 고마운 사람, 고마운 일, 고마운 기억이 밝은 용기를 준다.

불확실한 미래를 고민하느라
오늘의 행복을 포기할 것인가

백혈병을 이겨낸 22살
자우애드

가혹한 운명이 기회를 엿보기라도 하는 걸까. 가장 행
복한 순간에 기다렸다는 듯이 사람을 쓰러뜨린다. 2011년 22살
설리카 자우애드Suleika Jaouad의 삶이 무너졌다. 백혈병이었다.

미국 뉴욕에서 태어난 자우애드는 프린스턴 대학교를 졸업
하고 프랑스 파리로 가서 첫 직장을 잡았다. 얼마나 신났을까.
매일 새로운 사람과 풍경을 만나면서 행복했던 그녀의 삶은 갑
작스럽게 망가졌다. 직장도 집도 독립적인 삶도 다 잃어버렸다.
백혈병 환자로서 병원에 갇혀 살아야 했다. 끔찍했다. 병원에서

온 힘을 다해 치료해도 산다는 보장이 없었다. 자우애드가 오래 살 확률은 35퍼센트에 불과했다. 뒤집으면 단기간에 병사할 확률이 65퍼센트나 됐다. 자우애드는 몹시 충격받았다.

파리에서 직장 생활을 하는 내내 몸이 너무 피곤했다. 대학교 4학년 때부터 있었던 증상인데 점점 심해졌다. 에스프레소를 하루에 6잔씩 마셨지만, 잠깐이라도 낮잠을 자고 싶어 견딜 수 없었다. 의사는 빈혈이라며 철분제를 처방해줬다. 그래도 몸이 좋아지지 않아서 온갖 검사를 받았지만 젊은 나이라서 골수 생체검사는 건너뛰었다. 병원의 최종 진단은 번아웃 증후군이었다. 육체와 정신이 완전히 지쳐 있다는 것이다.

자우애드는 파릇파릇한 사회 초년생이었다. 에너지를 완전히 소진한 사람들에게나 어울리는 병명을 받고 어이가 없었지만 그래도 원인을 알았으니 다행이다 싶었다. 하지만 증상은 더욱 심해졌고 미국으로 돌아오지 않을 수 없었다. 공항에 도착해 부모님을 만났을 때 그녀는 제대로 걸을 수도 없는 상태였다.

삶은 그렇게 돌연히 무너졌고 자우애드는 백혈병 환자의 삶에 갇힌다. 22살의 그녀는 어디에도 갈 수 없었다. 쳇바퀴를 돌듯이 제자리에서 오로지 생존을 위한 싸움을 반복했다. 백혈병 치료를 받는 20대에게 가장 힘든 것은 무엇일까. 자우애드는 미국의 한 매체와의 인터뷰에서 이렇게 말했다.

"가장 힘든 건 병원에 몇 달 동안 고립됐다는 점이죠. 네 개의 벽을 보면서 작고 하얀 침대에 누워 있어야 했어요. 친구들처럼 9시에서 5시까지 일하는 직장에 갈 수 없었어요. 파티에도 못 갔고요. 20대 사람들이 하는 평범한 일들을 나는 전혀 하지 못했어요."

세상으로부터 고립돼 있다는 것이 자우애드의 마음을 괴롭혔다. 물론 치료도 힘들었다. 특히 화학 요법의 부작용으로 자신도 알아볼 수 없는 모습으로 변해갔다.

"거울 속에 비친 내가 누구인지 알아볼 수 없었어요. 볼살이 빠졌고 머리카락도 없었어요. 눈썹도 다 빠졌고요. 피부는 건조해져서 분필처럼 하얗게 변했죠. 그리고 허리둘레가 빠르게 줄어들었어요."

힘겹게 병을 치료하는 동안 놀라운 일이 일어났다. 병상에 있던 자우애드는 미국의 대표적인 신문 '뉴욕타임스'에 '중단된 삶'이라는 칼럼을 연재하면서 유명인이 됐다. 아프기 전에는 상상하기 힘든 일이었다.

매일 똑같은 병상에서 똑같은 벽을 바라보며 시간을 더 보내자 훨씬 큰 행운이 생겼다. 칼럼니스트로 유명해지는 것과는 비교도 할 수 없이 좋은 일이었다. 꿈에 그리던 완치 판정이 내려진 것이다. 치료받은 4년 동안 힘들고 지루했다. 통증과 무기력이 수없이 반복됐다. 죽을지도 모른다는 불안감은 단 한 순간도 떠나지 않았었다. 하지만 운명이 가혹하지만은 않았다. 자우애드는 백혈병을 이겨내고 세상으로 나가게 됐다.

행복하게 퇴원한 뒤 자우애드의 삶은 어땠을까. 그녀는 한 강연에서 너스레를 떨었다.

"암이 내 인생을 완전히 바꿔놓았어요. 병원을 떠날 때 나는 내가 누구인지 이 세상에서 뭘 하고 싶어 하는지 뚜렷이 알게 됐어요. 나는 매일 해가 뜨면 큰 유리잔에 담은 채소 주스를 마셔요. 그리고 90분 동안 요가를 하죠. 이어서 감사한 일 50가지를 적는답니다."

병을 치료하고 나서 감사하는 마음으로 기쁘고 의미 있는 삶을 살고 있다는 이야기다. 그런데 이 말은 사실이 아니라 농담이었다. 기적적으로 병을 치료하고 나면 기적적으로 행복한 삶이 찾아올 거라고 생각했는데 그게 아니었다고 한다. 오히려 퇴원 후 혼란이 커졌다는 것이다. 자우애드는 가장 힘든 일은 암이 사라진 후에 시작됐다고 말했다.

우선 무슨 일을 하면서 어떻게 살아야 할지 알 수가 없었다. 대학 졸업 후 직장 대신 병상에서 생활했으니 취직 확률이 낮았고 취업해도 잘해낼 자신도 없었다. 진로 문제가 막막했다.

또 사람도 잃었다. 함께 지내며 경험을 공유해야 유지되는 것이 친구 관계다. 오랫동안 병상에 있다 보니 친구들과 거리감이 생겨버렸다. 연인도 잃었다. 아픈 그녀를 진심으로 위로하고 웃게 해줬던 남자 친구가 퇴원할 때는 남이 돼 있었다. 병원에서 사귄 절친도 떠나버렸다. 속마음을 숨김없이 나누던 가장 친한 친구는 안타깝게도 세상을 떠나서 두 번 다시 만날 수 없었다.

병원을 나온 자우애드는 그렇게 외로웠다. 게다가 두려움도 있었다. 병이 재발할 확률이 남아 있었기 때문이다. 전혀 예상하지 못했다. 투병 중에는 병만 고치면 삶이 완벽해질 줄 알았다. 즐겁고 행복하고 신나는 인생이 펼쳐질 것만 같았다. 그러나 실제로는 병원을 나오자 새로운 혼돈이 시작됐다.

삶의 중요한 고비를 겨우 넘긴 후에 또 다른 혼란을 만나게 되는 건 보통 사람들도 마찬가지다. 대학만 입학하면 행복할 거라고 믿으면서 이 악물고 공부하지만 정작 대학 입학 후에는 낙원이 펼쳐지지 않는다. 대신 더 많은 고민과 숙제가 기다린다. 수년 동안 준비해서 취업해도 비슷하다. 심지어 사랑하는 사람과 꿈만 같은 결혼식을 올린 후에도 예상치 못한 시험에 들게 된다.

자우애드는 삶의 혼란에서 벗어나기 위해 여행을 선택했다. 입양한 유기견 오스카만 데리고 홀로 차를 몰고 2만 4,000킬로미터를 여행했다. 100일 동안 미국 구석구석을 다녔다. 그런데 혼자 떠나는 게 무섭지 않았을까. 자우애드는 홀로 여행을 떠나려 생각하니 공포를 느꼈다고 했다. 공포감을 극복하려고 그녀는 무작정 시작하는 것을 택했다.

날을 정해서 여행에 필요한 준비 작업을 계획대로 착착 해나갔다. 운전을 배웠고 주행 시험을 통과했다. 또 집을 임대하고 여행 경비를 마련했으며 친구에게서 차를 빌렸다. 두려움은 생각이 아니라 행동으로 지우는 것이다. 바삐 움직이는 동안 이런저런 두려움이 조용해졌다. 준비가 얼추 끝나자 자우애드는 뒷좌석에서 오스카가 할딱이는 소리를 들으며 달리기 시작했다.

100일 자동차 여행이 무계획은 아니었다. 만나고 싶었던 낯모르는 친구들이 있었다. 백혈병과 목숨을 걸고 싸우던 자우애드에게 미국 전역의 많은 사람이 메일을 보내서 응원했다. 그들의 얼굴을 직접 보면서 감사도 전하고 우정도 나누고 싶었다. 자동차 여행으로 자우애드가 백혈병 완치 후의 혼란에서 벗어날 계기가 마련됐다.

낙관적인 10대 소녀와
현명한 노교수

　플로리다에서는 10대 소녀 유니크를 만났다. 유니크
는 자우애드처럼 암 환자였는데 이제는 병세가 많이 호전됐다.
유니크의 남다른 개성은 낙관적 자세다. 미래를 아주 행복하게
내다보면서 설계한다.

　대학에도 가고 여행을 많이 다니고 징그러운 문어도 용감하
게 먹어볼 거라고 말하면서 화사한 표정을 보였다. 또 벌레를 무
서워하지만, 용기 내서 캠핑도 해보고 뉴욕 여행도 떠날 거라고
말했다. 유니크의 눈빛은 호기심에 빛났다. 하고 싶은 건 다 해
보겠다는 의지도 반짝였다.

　유니크가 암 환자인 처지를 생각하면 여전히 낙관적인 게 정
말 대단하다. 암과 싸우느라 갖은 어려움을 겪었다. 수술이나 항
암치료는 체력을 바닥까지 떨어뜨린다. 암 환자는 진통제로도
달래기 힘든 고통을 겪는다. 보통 환자들은 아파서 울고 두려워
서 몸을 떨다가 자신감과 희망을 잃게 된다. 10대 소녀 유니크
가 그렇게 절망했다면 어떻게 말했을까. 아래처럼 말해도 전혀
이상하지 않다.

"나는 암 치료를 받느라고 학교생활을 많이 못 했어요. 대학에는 갈 수도 없을 거예요. 나 같은 애가 여행은 또 어떻게 하겠어요. 징그러운 문어를 먹는 것도 정말 싫고 캠핑도 벌레가 무서워서 가지 않겠어요. 또 나는 언제든 암이 재발할 수 있어요. 내 인생은 우울하고 재미가 없어요. 무엇을 하면서 살아야 할지도 모르겠어요."

병마와 싸우다 지쳐서 낙담한 보통의 10대라면 그렇게 비관에 빠질 것이다. 하지만 유니크는 특별했다. 자신의 장래를 밝게 상상하는 낙관적 태도를 끝내 지켜냈다.

낙관은 흔치 않은 용기다. 내일을 두려워하며 전전긍긍하는 것은 아무나 할 수 있는 겁쟁이의 자세다. 낙관 능력자인 유니크가 두려움에 떨던 자우애드에게 용기를 줬다. 유니크의 수다는 응원이었다. 두려워 말고 마음껏 미래를 설계해도 괜찮다는 다독임이었다. 여행을 가고 맛있는 것을 먹으며 친구들과 신나게 놀라는 북돋움이었다. 걱정이 많았던 자우애드는 덕분에 마음이 햇살처럼 밝아졌다.

자우애드에게 용기를 심어준 또 다른 고마운 사람이 있다. 오하이오에서 만난 퇴직 교수 하워드다. 그는 젊은 시절부터 심각한 병을 앓았다. 몸이 갈수록 약해졌지만, 원인은 오리무

중이었다.

하워드는 자우애드에게 중요한 조언을 했다. 불확실성을 받아들이라는 것이었다. 젊은 시절 목숨이 얼마나 붙어 있을지 불확실했지만, 사랑을 키워나갔고 용감하게 결혼도 했다. 어느새 결혼 50주년이 됐고 손주들도 다 잘 컸다고 한다. 만일 나쁜 결과를 걱정해서 사랑을 시작하지 않았다면 지금의 행복은 없었다. 하워드는 자우애드에게 새로운 사랑을 만나라고 조언했다. 자신처럼 불확실한 사랑을 두려움 없이 시작해보라고 했다. 하워드라면 불확실성을 두려워하는 이들에게 이렇게 말해주지 않을까.

"나는 언제든 죽을 수 있었어요. 얼마나 살지 장담을 못 했죠. 그런데 사랑하는 사람이 나타났어요. 그 사람과 함께 있고 싶고 결혼도 하길 원했어요. 어떻게 하는 게 맞는 걸까요? 죽을 가능성이 있으니 사랑을 포기해야 하나요? 당신이라면 어떻게 하겠어요? 나는 사랑을 포기하지 않기로 했어요. 일단 나의 사랑과 행복에 집중하기로 했던 거죠. 그래서 결혼을 하고 아이도 낳았어요. 나는 운이 좋았어요. 죽지 않고 지금껏 행복한 남편이자 아빠로 살았으니까요. 만일 운이 나쁘면 어땠을까요? 내가 일찍 죽었을 테고 결혼 생활도 슬프게 끝났을 거예요. 무척 안타까웠겠지만 나와 아내는 후회하지 않았을 거예요. 우리는 너무 사랑했으니까 결혼이 어쩔 수 없는 선택이었거든요. 당신도 두려움 없이 사랑하세요. 불확실한 미래를 무서워하지 마세요."

하워드는 미래에 대한 두려움 때문에 현재의 행복을 포기하지 말라고 조언했다. 앞으로 어떤 일이 벌어질까 무서웠던 자우애드의 마음이 밝아졌다.

삶은 혼돈의 연속이다. 하나를 겨우 통과했는데 또 다른 혼돈으로 들어가게 된다. 자우애드처럼 암을 극복한 후에도 혼란스럽다. 삶의 혼돈을 어떻게 정리할 수 있을까. 죽음 가까이에 갔던 유니크와 하워드가 고마운 조언을 한다.

작은 계획을 세우고 하나씩 실행해보면 된다. 낙관적인 기대를 하고 여행을 가고 캠핑을 하며 못 먹었던 음식을 먹어보는 것이다. 그사이 혼돈을 이겨낼 지혜를 얻거나 혼돈이 스스로 걷힐 수 있다.

또 삶의 불확실성을 껴안아야 정신적 혼란에서 벗어날 수 있다. 자기 장래가 어두울 거라고 미리 판단하는 사람들이 많다. 그들은 자신의 예측력을 터무니없이 과대평가한다. 사람이 미래를 어떻게 알 수 있나. 인생은 불확실하다. 장래가 어두울지 밝을지는 모른다. 폭풍이 올 수도 있고 아닐 수도 있다. 나중에야 어떻게 되든 나의 장미와 사과나무를 키우는 데 집중하면 된다. 곧 정신이 맑아지고 혼돈은 정리될 것이다.

미리 행복을 포기하는 건 바보 같은 선택이다. 언제 올지 모르는 태풍이 무서워서 사과나무들을 미리 베어버리는 것과 같다. 떨지 말고 오늘의 즐거움과 기쁨에 몰입하시라. 곧 죽을 수도 있었지만, 사랑을 포기하지 않았던 하워드의 조언이다.

2장

삶의 끝에서야
그렇게 지겹던
가족이
소중해졌다

멈추지 않는
엄마의 잔소리는 운명

21세기 미국 엄마 서머스의
마지막 편지

곧 세상을 떠나게 된 엄마는 사춘기 딸에게 어떤 이야기를 해주고 싶을까? 사람마다 다르겠지만, 내가 찾아낸 두 명의 엄마는 공통점이 있었다. 딸에게 보낸 편지에 담은 것은 세 가지였다. 먼저 딸에게 사랑을 고백하고 다음으로는 행복하게 살라고 기원했다. 그런데 마지막으로 아이가 잔소리로 여기고 싫어할 수도 있는 충고를 써놓았다. 21세기 미국의 주부 엄마가 그랬고 20세기 중반 유럽의 정치인 엄마도 마찬가지였다.

먼저 미국의 한 엄마 이야기다. 2017년 미국 인디애나주의

페기 서머스Peggy Summers는 신장암과 15개월 동안 싸우다가 세상을 떠났다. 그녀가 18살 딸 한나에게 남긴 편지에는 잔소리가 있었다. 물론 듣기 싫은 소리가 편지의 주된 목적은 아니다. SNS에 공개된 편지를 보면 딸에 대한 사랑과 염려와 기원이 가득하다.

"한나야. 네가 이 편지를 읽는다면 수술이 잘못됐다는 뜻이야. 미안해. 이 끔찍한 병을 이기려고 온 힘을 다했지만 신은 나에게 다른 일을 맡기려나 보다. 화내지 마라. 인생에서는 가끔 나쁜 일도 일어난단다. 아무리 힘들어도 나쁜 일을 이겨내야 한단다.

너는 살면서 훌륭한 일을 해낼 거야. 엄마가 네 인생의 모든 중요한 순간에 너와 함께하며 웃을 거야. 매일 마지막 날이라고 생각하면서 인생을 즐겨라. 오늘이 마지막인지 아닌지 아무도 알 수 없어. 그리고 네가 생각하는 것보다 훨씬 많이 엄마가 너를 사랑한다는 걸 기억해다오."

내가 병에 걸려 죽게 된 것은 누구에게 미안할 일이 아니다. 내가 원하거나 자초한 일이 아니다. 게다가 나의 죽음은 그 누구보다 나 자신에게 가장 큰 손실이다. 그런데도 세상을 뜨는 부모들은 자녀에게 사과한다. 말도 안 되지만 그런 마음이 드는 건 부모의 본능이다. 서머스도 그랬다. 무시무시한 암세포와 싸워 이기지 못한 게 딸 한나에게 눈물나게 미안했다.

엄마는 영원히 함께 있을 거라고 지키기 어려운 약속도 했다. 아울러 절실히 깨달은 삶의 교훈도 전해줬다. 세상을 일찍 떠나야 하는 사람들이 대체로 강조하는 것이다. 오늘이 인생의 마지막이라고 생각하고 살라는 것이었다. 엄마는 딸이 매일 마지막 날처럼 즐기면서 신나게 살기를 기원했다.

여기까지는 따뜻하고 평범한 이별 편지다. 그런데 엄마 서머스는 편지에서 간섭도 했다. 이를테면 겨울에는 꼭 비상 물품을 차에 넣고 다니고 가능하다면 카풀해서 학교에 다니라고 당부했다. 시시콜콜 간섭이지만 그래도 이 정도야 넘어갈 수 있다. 그런데 서머스는 딸 한나가 분명히 싫어할 '금지령'까지 편지에 남겼다. 파티에 가지 말라고 한 것이다. 파티가 해롭다는 게 엄마 서머스의 판단이었다. 무엇보다 남자아이들이 문제였다.

"파티에 가지 마라. 파티는 보통 나빠. 남자아이들이 모두 나쁜 것은 아니지만, 대부분은 자기가 원하는 걸 얻으려고 무슨 말이든 한단다."

엄마 서머스가 보기에 딸은 위험한 늑대들 사이를 걸어가는 어여쁜 꽃사슴이다. 어떻게든 지켜주고 싶지만, 곧 세상을 떠나야 하는 처지라서 파티를 험담이라도 해야 했다. 본인도 소용이 없다는 걸 알았을 거다. 파티를 멀리하라고 일러도 딸은 자기 마음대로 할 게 분명하다. 또 어쩌면 그런 자율적 태도가 자연스럽고 건강하다. 그 모든 것을 알더라도 엄마 서머스의 마음은 어쩔 수 없었다. 늑대들을 경고하지 않고는 불안했을 것이다.

20세기 체코 엄마 호라코바가
사형 전날 남긴 편지

1949년 9월 체코 비밀경찰이 여성 정치인 밀라다 호라코바Milada Horakova를 체포했다. 공산 정권을 전복하려고 음모를 꾸몄다는 것이 이유다. 재판은 빠른 속도로 진행됐고 알베르트 아인슈타인이나 윈스턴 처칠 등 유명 인사들의 청원에도 불구하고 1950년 6월 사형이 강행됐다.

20세기 말에는 그녀에 대한 공식적 평가가 완전히 달라졌다. 그녀는 사법살인의 희생자로 인정되어 복권되고 훈장도 받게 된다.

사형일이 가까워지면서 호라코바는 딸 야나 때문에 마음이 미어졌을 것이다. 야나는 16살밖에 되지 않았다. 자기 딴에는 어른이겠지만 엄마 눈에는 아직 더 보살피고 가르쳐야 하는 어린아이다. 사형 전날 그녀는 딸에게 편지를 쓸 수 있었다. 그녀는 먼저 딸이 얼마나 소중한 존재인지 이야기했다.

"신이 엄마의 인생을 축복해서 너를 갖게 했어. 아빠가 독일 감옥에서 시를 썼듯이 신은 우리 부부를 사랑했기 때문에 너를 보내신 거야."

야나는 신이 준 귀한 선물과도 같은 존재였다. 딸이 태어난 것은 엄마 호라코바의 삶이 축복받았다는 증거였다. 그런데 엄마는 생명을 잃게 됐다. 더 이상 귀한 딸을 보살필 수 없게 됐다. 딸 야나에게 해줄 수 있는 건 조언뿐이다. 권력에 맞서 강인하게 싸웠던 호라코바는 조언도 성격과 비슷했다. 딸에게 굳세게 인생과 싸워서 살아남아야 한다고 강조했다.

"엄마가 돌아오지 않아도 무서워하거나 슬퍼하지 말아야 해. 삶은 쉽지 않다. 누구도 편하게 살 수 없어. 인생이 너를 때릴 때마다 주먹질을 10번씩 해. 그것에 익숙해지되 인생에 지지

는 마라. 싸우기로 마음먹으렴. 용기를 갖고 명확한 목표를 세
우면 인생을 이길 수 있어."

엄마 호라코바가 보기에 세상은 가혹하다. 세상은 소중한 딸
을 열 대 스무 대 때려서 좌절시키고 싶어 할 것이다. 다행히 이
겨낼 길은 있다. 용기와 목표를 마음에 품고 견디는 사람이 결
국은 가혹한 세상을 이겨내게 된다. 호라코바는 자신이 아는 그
비결을 딸에게 꼭 전해주고 싶었다. 호라코바는 로맨틱한 주제
에 대해서도 말했다. 달콤한 사랑도 꼭 해보라고 딸 야나에게
권했다.

"살면서 사랑을 잊지 마라. 언젠가 네 가슴에 빨간 꽃이 피어날
텐데 운명이 너의 편이라면 다른 사람에게서 비슷한 꽃을 발견
할 테고 둘의 길이 하나로 합쳐질 거야. 사람은 사랑 없이는 행
복하게 살 수 없단다."

예쁜 표현이다. 모양이 닮은 빨간 꽃을 품은 두 사람이 만나면
길이 하나로 합쳐진다고 했다. 그것이 바로 사랑이다. 호라코바
는 딸에게 인생과의 싸움도 중요하지만 아름다운 사랑도 행복
의 필수 조건이라고 말한다. 내일이면 세상을 떠나기 때문에 더

욱 그 말을 하고 싶었을 것이다. 호라코바는 자신을 대신해 누군
가가 딸에게 사랑을 듬뿍 주기를 빌었다.

여기까지는 감동적이다. 안타까운 엄마의 조언과 기원이 마
음을 울린다. 그런데 편지 후반부에 호라코바는 잔소리 같은 문
장을 써놓았다. 딸의 머리 모양과 옷차림이 엄마 호라코바에게
는 문제였다.

"사진에서 너의 새로운 머리를 봤어. 좋아 보여. 그런데 예쁜
이마를 가린 건 잘못이 아닐까 싶어. 또 무도회 드레스를 입은
모습도 봤어. 정말 사랑스러웠어. 하지만 엄마 눈에는 한 가지
문제가 보였어. 16살치고는 목 부분이 좀 파인 게 아닐까?"

21세기 한국 엄마들도 활용하는 잔소리의 전형적 패턴이다.
'선 칭찬 후 지적' 작전이다. 먼저 칭찬을 한다. '새로운 머리 모
양이 예쁘다'고 말이다. 그다음 문제를 하나 지적한다. '그런데
왜 이마는 가렸니?'라는 식이다. 머리 모양이 예쁘다는 건 거짓
이다. 이마를 가린 게 마음에 안 든다고 말하기 위해 운을 뗀 것
에 불과하다. '선 칭찬 후 지적' 전략은 무도회 드레스 평가에도
그대로 적용됐다. 먼저 사랑스럽다고 말을 꺼낸 후에 목 부분이
정숙하지 못하다고 따끔하게 지적했다.

딸로서는 짜증이 날 만하다. 엄마가 머리 모양과 옷차림 문제로 간섭하면 좋아할 딸이 없다. 자신의 결정권이 침해당한다고 여길 수밖에 없다. 그걸 엄마도 모를 리 없다. 딸의 반감을 충분히 예견하면서도 딸이 싫어할 간섭을 했다. 내일이 죽는 날인데 말이다.

편지에는 또 다른 잔소리도 있었다. 엄마 호라코바는 친구 문제에도 끼어들었다. 딸 야나가 어떤 친구들과 모여 있는 걸 봤다면서 그 친구들이 마음에 들지 않았다고 속내를 드러냈다. 또 친구가 인생에 큰 영향을 끼치니까 신중하게 사귀어야 한다는 당부도 했다. 딸 야나의 심정은 어땠을까. 자기 마음에 맞는 친구를 자유롭게 사귀고 싶은 딸은 유쾌하지 않을 것이다. 어쩌면 자신도 모르게 엄마를 원망했을지도 모른다. 내일이면 엄마가 돌아가시는데 말이다.

다른 때도 아니고 사형 전날 쓴 편지인데도 엄마는 잔소리를 멈추지 않았다. 내일이면 영영 이별이라는 걸 잊은 듯이 말이다.

체코 엄마 호라코바는 사형 전날 편지에서 딸의 옷차림과 친구 관계에 대해 피곤한 조언을 늘어놓았다. 신장암으로 세상을 뜬 미국 엄마 서머스도 딸의 생활에 시시콜콜 간섭했다. 딸들로서는 모두 잔소리다. 사소한 문제에 간섭하는 잔소리는 짜증과 반감을 유발한다. 그런데도 엄마들은 왜 마지막 편지에서마저 잔소리를 멈출 수 없었을까.

잔소리가 엄마의 운명이기 때문이다. 엄마는 잔소리할 수밖에 없다. 작은 문제나 미세한 위험이 엄마 눈에는 또렷하게 보이니까 어쩔 수 없다. 엄마란 무엇인가. 특별한 능력의 소유자다. 엄마란 초미세 감각을 소유한 능력자다. 아주 작은 것도 놓치지 않는 것이다.

엄마는 아이를 기르면서 점점 변한다. 눈이 현미경 또는 줌렌즈로 진화한다. 아기 숟가락에 묻은 티끌이나 아기의 볼에 돋은 작은 뾰루지 하나가 다른 사람 눈에는 안 보이지만 엄마 눈에는 들어온다. 다른 사람에게는 보이지 않는 게 엄마에게는 대문짝만 해서 놓칠 수가 없다.

초미세 감각 능력을 갖춘 엄마의 걱정도 미세해진다. 머리 모양이나 옷차림이 일으킬 파장이 눈에 선하다. 아이의 목소리 톤 변화나 한숨 한 번에도 마음이 털컥 내려앉는다. 엄마는 섬세한 존재다. 그래서 작은 염려와 작은 충고를 멈출 수 없다. 내 아이를 지키기 위한 섬세하고 정교한 지적은 엄마의 의무다. 마지막 편지라고 해서 예외가 될 수는 없다.

누구나 엄마의 잔소리는 듣기 싫다. 그런데 누구나 엄마가 되면 잔소리를 하게 된다. 아이를 보살피다 보면 초미세 감각이 자라기 때문에 아무리 작은 문제도 그냥 넘길 수 없게 된다.

작은 염려가 엄마의 운명이라면 잔소리를 듣는 것은 자녀의 숙명이다. 잔소리 듣기는 자녀의 특권이기도 하다. 잔소리를 듣지 않는 사람들이라면 엄마가 없는 것이다. 아울러 슬프지만, 엄마 잔소리를 들을 날이 그리 길지 않다. 돌아가시면 잔소리가 끝난다. 수명이 우리보다 짧은 엄마의 초능력이 원인이라고 생각하면 엄마 잔소리가 그래도 좀 참을 만해진다.

○
│   자녀에게 마지막 편지를 쓰는
│   **마음의 준비**
│
│
│
│
│

사형 선고를 받거나 암으로 세상을 떠나는 부모가 쓴 편지는 슬프다. 하지만 무탈할 때 이별 편지를 미리 쓰는 건 아주 밝고 유익한 일이다. 자녀에게 이별 편지를 써보자. 아이가 어려도 상관없다. 3살 아이가 20살이 됐을 때 읽을 편지를 쓰면 된다. 또 보여주지 않고 부모만 읽어도 유익하다. 이별 편지를 쓰고 나면 자녀를 더욱 사랑하게 된다.

그런데 이별 편지에 어떤 내용을 담아야 할까. 자신이 세상을 떠나야 한다고 상상하면서 펜을 쥐면 누구나 글이 나올 것이다.

마음에 오랫동안 고여 있던 생각들이 흘러나와 감동적인 글이 된다. 그렇게 마음이 가는 대로 쓰면 된다.

그래도 참고 자료가 필요하다면 마지막 편지의 기본 골격은 있다. 많은 편지에서 발견되는 공통적 4가지 요소는 사랑 고백, 사과, 기원, 이별 인사다. 이 네 가지를 담으면 괜찮은 이별 편지가 된다.

가장 먼저 해야 할 일은 마음의 준비다. 몇 분 동안 내가 곧 세상에서 없어질 것이라고 상상한 후에 펜을 잡거나 자판을 앞에 둔다. 이제는 첫 번째 대목을 쓸 차례다. 사랑을 깊이 표현해야 한다. 어떨 때 아이가 가장 사랑스웠는지 또 그때 느낀 사랑이 나를 얼마나 행복하게 했는지 쓴다. 그리고 죽어서도 아이에 대한 사랑은 잊지 못할 것 같다고 적으면 된다.

다음으로는 사과해야 한다. 아이 마음에 상처를 준 기억이 무수히 많을 것이다. 그걸 쓰고 반성하는 차례다. 야단쳤거나 무관심했던 기억이 가슴에 사무친다고 고백해도 된다. 더 단단한 마음을 길러주지 못해서 미안할 수도 있다. 미안한 이유는 수도 없이 많을 것이다. 미안하지 않은 부모는 없다. 웬만한 부모는 사과할 일이 넘쳐서 글이 술술 써질 것이다.

그다음 아이에게 행복을 빈다. 삶의 끝에 선 많은 부모가 비슷한 말을 한다. 힘든 일은 생기게 마련이니 마음을 단단히 먹으라고 일러준다. 또 돈도 중요하지만 좋아하는 일을 선택해야 한다고 당부한다. 하루하루 시간을 아껴 쓰고 좋은 사람을 많이 만나면서 행복하게 살라고 빈다. 동서고금을 떠나 부모들은 다들 비슷한 기원을 하게 된다.

편지 끝에는 이별 인사를 해야 한다. 내가 얼마나 행복한 마음으로 세상을 떠나는지 알려주는 것이 좋다. 아이의 마음도 밝아질 것이기 때문이다. 고통과 아픔을 호소해서는 안 된다. 가능하다면 밝고 행복하고 낙관적인 이별 인사여야 한다. 상투적인 약속도 도움이 되면 쓴다. 언제든 아이의 곁에서 지켜보겠다고 약속하는 것이다.

마지막 편지를 쓰다 보면 자신이 자녀를 얼마나 사랑하는지 알게 된다. 어떻게 사랑하는 것이 좋을지 힌트를 얻으며, 내가 아이에게 준 상처가 무엇인지도 깨닫게 된다. 죽음을 상상하면서 이별 편지를 쓴 부모는 더 좋은 부모가 될 수 있다.

못되게 굴었던 엄마 아빠에게
미안한 마음이 북받치면

감사하며 세상을 떠난 딸
멜리사

부모에게는 좋은 자식과 나쁜 자식이 없다. 무슨 짓을 하건 자식을 사랑하고 인정할 수밖에 없는 게 부모의 운명이다. 자식도 그 사실을 뻔히 안다. 어떤 경우에도 부모가 자신을 버리지 않을 것을 알기에 끝없이 오만하고 무례할 수 있다. 가정은 우리가 가장 사랑받으면서도 가장 못되게 구는 곳이다.

그런데 일찍 숨을 거두게 된 불운한 자식들은 다르다. 부모 앞에서 겸손해지고 감사하며 미안해한다. 무심한 자식들은 삶의 끝에 와서야 부모의 사랑에 호응하게 되는 것이다.

오래 살 것이라고 믿기 때문에 우리는 나쁜 자식이 된다. 영원히 살 듯이 생각하는 게 참 많은 문제를 일으킨다. 사랑하는 사람에게 무례하거나 내 행복 실현을 미루는 것 모두 내가 오래 살 거라고 생각해서다.

머지않아 죽는다고 생각해야 꼬인 마음과 관계가 풀린다는 걸 우리는 자주 잊고 산다. 삶의 끝에서 부모에게 깊이 감사했거나 용서를 빌었던 두 명의 딸 이야기를 소개한다.

부모에게 편지를 남기고 떠나간 첫 번째 딸은 멜리사 네이선 Melissa Nathan이다. 그녀는 영국의 로맨틱 코미디 소설가이자 언론인이었다. 멜리사에게 2001년 유방암 진단이 내려졌고 2006년에는 죽음이 찾아왔다. 겨우 37살이었다. 30대 대부분을 암과 싸웠지만, 속절없이 세상을 떠나야 했다. 그녀에겐 남편과 아직 어린 아들도 있었다. 또 부모님도 살아 계셨다. 멜리사는 가족에게 마음을 전하려고 이별 편지를 쓰게 된다.

SNS에 공개된 편지를 보면 멜리사에게 남편은 특별히 고마운 존재였다. 치료받는 동안 헌신적으로 돌봐줬고 많이 웃게 해줬다. 남편은 한결같고 흔들림이 없는 사람이었다. '든든한 바위 같았고 친절한 거인이었으며 제일 친한 친구였고 세상의 모든 것'이라고 그녀는 남편을 극찬했다.

아들에게는 '엄마로 살았던 삶이 소중했다'고 했으며, '15살

이 될 때까지 집요하게 키스할 엄마가 없는 걸 다행으로 여기라'
고 농담도 던졌다. 멜리사는 남편과 아들을 슬프게 하고 싶지 않
았다. 이별 편지는 기분을 밝게 해주는 내용으로 가득했다.

멜리사는 부모에게도 글을 썼다. 역시 부모의 마음을 밝고 행
복하게 해드리고 싶었다.

"나의 멋진 부모님께. 두 분은 제게 사랑과 응원과 우정이 가득
한 삶을 주셨어요. 두 분의 눈을 바라보고 존경할 수 있었던 것
은 큰 행운이에요. 절대로 제가 힘든 삶을 살았다고 생각하지
마세요. 저는 멋진 37년을 보냈어요. 그 시간을 주신 부모님께
정말 감사드려요. 저는 행복하고 평화롭답니다."

거짓말이 아닐까. 고통스럽게 투병하다가 세상을 떠나는 딸
인데, 그간 멋있는 인생을 살았다고 말한다. 어린 아들까지 두고
숨을 거둬야 하는 처지인데도 딸은 마음이 행복하고 평화롭다
고 했다. 정말 그런 마음이었을까.

거짓말인지 아닌지 우리는 알 수 없다. 다만 멜리사가 왜 그런
말을 했는지는 분명하다. 그녀는 부모를 위로하려고 했다. 부모
는 안타깝고도 미안했을 것이다. 젊은 딸이 병에 걸려 일찍 죽으
면 부모는 자기 잘못처럼 느낄 수밖에 없다. 멜리사는 부모에게

아무 잘못이 없다고 강조했다. 오히려 사랑이 넘치는 좋은 삶을 살았으며, 행복한 인생을 선물한 부모에게 감사하다고도 했다. 딸은 편지에서 부모의 미안한 마음을 꼭 끌어안았다.

'나는 평화롭다'는 대목도 의미 깊다. 죽음을 맞게 됐지만, 불안하거나 무섭지 않다는 것이다. 정말 죽는 게 아무렇지도 않았던 걸까. 진심이 아닐 수도 있어서 더욱 가슴 아프다. 딸 멜리사는 평화롭다고 말해서 부모가 사랑스러운 딸의 죽음을 지켜보는 아픔을 달래주려고 했다. 멜리사는 배려심과 지혜가 많은 딸이다.

미안함을 가슴에 담고 숨진
이다

이번에는 1940년대 동유럽이 배경이다. 언제 죽게 될지 모르는 딸이 부모에게 편지를 썼다. 딸은 헤어질 때 가족들을 따뜻하게 안아주지 않은 걸 가장 후회한다고 말했다.

편지를 쓴 이다 골디스Ida Goldis는 2차대전 당시 몰도바 키시네프에 살던 유대인이다. 1941년 10월 군인들이 그곳 유대인들을 이동시켰는데 이다도 끌려갔다. 그런데 이다는 혼자가 아니었다. 3살짜리 아들 빌리도 함께였다. 추운 겨울 어린아이를 데리고 혹독한 여정을 감당할 수 있을지 걱정되고 무서운 생각도 들었다. 잘못하면 자신과 아이가 생명을 잃을 수도 있다고 생각하니까 몸이 바들바들 떨렸다.

이다는 강제 이주 전날 루마니아에 있던 언니 클라라에게 편지를 썼다. 이스라엘 홀로코스트 기념관에 공개된 편지에는 후회의 마음이 가득하다.

"사랑하는 언니. 며칠 동안 나는 끔찍한 위험을 걱정하며 지냈어. 나는 우크라이나로 보내질 거고 거기서 새로 정착을 해야 돼. 언니도 상상할 수 있을 거야. 이렇게 추운데 어린아이와 먼 길을 걸어가야 해. 갖고 갈 수 있는 것도 거의 없어. 음식만 조금 가져가.

언니가 보내준 돈과 물건이 때마침 도착해서 정말 큰 도움이 됐어. 양모로는 아들 빌리의 목에 두를 두꺼운 목도리를 만들었어. 우리가 길 위에 얼마나 오래 있어야 할지는 몰라. 신이 좋은 날씨만 주시기를 빌어.

언니, 나는 영혼 깊은 곳에서 후회해. 언니와 헤어질 때는 몰랐어. 언니와의 마지막 시간이 얼마나 소중한지 전혀 알지 못했어. 언니를 오랫동안 바라보지도 않았지. 한참 동안 봤어야 했는데. 그래야 언니의 모습이 교회 성인의 초상화처럼 내 영혼에 깊이 새겨졌을 테니까. 또 언니를 놓아주지 않고 오랫동안 꼭 껴안아야 했는데 너무 후회돼.

이제 희망이 남지 않았어. 신은 우리가 다시 만나길 원치 않는 것 같아. 내가 너무 많은 죄를 저질렀나 봐. 사랑하는 언니, 안녕. 행운을 빌어. 소중한 아이들을 행복하고 건강하게 기르기를 바랄게. 언니의 달콤한 눈에 천 번의 키스를 보내."

이다는 두려움에 떨면서 편지를 썼다. 3살밖에 안 된 아들을 데리고 겨울 눈길로 나서야 했으니까 무서운 건 당연했다. 그런데 자신과 아이의 목숨을 걱정하는 절박한 순간에 언니가 떠올랐다.

이상하게도 언니의 얼굴은 선명하지 않았다. 어릴 때부터 사랑을 베풀었고 기회가 될 때마다 돈과 생필품을 보내준 언니의 얼굴이 머릿속에서 흐릿했다. 생각해보니 언니의 얼굴을 오랫동안 따뜻하게 바라보지 않았다. 그러니 언니의 기억이 선명하지 않은 것이다. 이다는 무성의하고 못된 동생이었다. 죽음의 위기 앞에서야 그걸 깨달은 이다는 미안하고 원통했다. 이다는 편지에서 부모님에게 이렇게 전했다.

"사랑하는 엄마와 고마운 아빠. 두 분은 나의 인생을 따뜻하게 비춰준 첫 번째 햇빛이었어요. 그 따뜻함을 간직했어야 하는데 내가 두 분을 떠나버렸어요. 뒤를 돌아보지도 않고 말이죠. 그때 나는 미래에 대한 환상에 사로잡혀서 몰랐어요. 내가 행복을 내버리고 있고 그 행복을 되찾을 수 없다는 걸 전혀 알지 못했어요."

부모님이 자기 인생을 따뜻하게 만든 '첫 번째 햇빛'이었다는 표현이 따스하다. 부모는 따뜻한 사랑으로 이다를 돌보고 키웠을 것이다. 그런데 이다는 부모님과 차갑게 이별했다. 친구들과 약속이 있는 아이가 신발을 꺾어 신고 정신없이 뛰어나가듯이 그녀도 부모에게 마음 없이 인사하고 집을 빠져나왔다.

부모와 재회할 수 있다고 생각했겠지만 그게 마지막이었다. 부모의 사랑을 받을 기회가 완전히 사라져버린 것이다. 이렇게 될 줄은 몰랐다. 부모님과 따뜻하게 이별하고 감사히 인사했어야 했다. 딸은 안타깝고 슬프다.

이다는 나중에 언니와 부모님을 만났을까. 편지에서 예감했던 대로 재회는 불가능했다. 아들 빌리를 업고 얼어붙은 길 위를 걸으면서 버티려고 애썼지만 빌리가 추위 속에서 죽고 말았다. 삶의 의욕을 잃은 이다도 며칠 후 오염된 물을 마시고 숨을 거뒀다. 그녀는 아들에 대한 그리움과 부모님에 대한 미안함을 가슴에 담고 세상을 떠났을 것이다.

○ 죽음 중에서
│ **가장 나쁜 죽음**
│
│
│
│
│

　높은 정신에는 죽음이 아무것도 아니거나 아름다운 자연의 조화다. 이를테면 그리스 철학자 에피쿠로스Epikuros는 죽음이 살아 있는 사람에게 아무런 영향을 끼칠 수 없다고 했다.

　"가장 무서운 해악인 죽음은 우리에게 아무것도 아니다. 우리
　가 존재하는 동안 죽음은 우리와 함께 있지 않기 때문이다. 또
　죽음이 찾아오면 그때는 우리가 존재하지 않는다."

　설득력 있는 논리다. 우리는 죽음을 엄청나게 무서워한다. 그런데 죽음을 만날 수도 없다. 죽음이 찾아왔다면 나는 이미 죽어서 세상에 없다. 전등 스위치를 생각하면 된다. 스위치를 끄는 순간 밝음은 사라지고 어둠이 찾아온다. 빛과 어둠이 공존하지 못하는 것처럼 죽음과 생명도 같이 존재할 수 없다.

우리는 만날 수도 없고 경험하지도 못하는 죽음을 두려워할 이유가 없다. 죽음은 우리에게 아무것도 아니니 신경 쓰지 말라고 에피쿠로스는 말한다.

중국의 철학자 장자는 죽음에 가까워지자 화려한 장례식은 필요 없고 땅 위에 시신을 놔두라고 제자들에게 일렀다. 놀란 제자들이 날짐승들이 시신을 먹을까 봐 두렵다고 말하자 장자는 땅속 생물에 먹히거나 날짐승의 먹이가 되거나 다를 게 없다고 대수롭지 않게 답했다.

장자의 깊은 뜻은 여러 가지로 해석되겠지만, 내가 보기에 그는 죽음을 긍정적으로 여겼다. 자신이 죽어서 다른 생명의 일부가 되는 게 자연스럽고도 좋은 일이라는 판단이 밑바탕에 깔렸다고 생각된다.

장자의 말을 들었다면 '절규'로 유명한 화가 뭉크도 동의했을 것이다. 뭉크는 "부패한 내 몸으로부터 꽃들이 자라면 나는 그 꽃 속에 있을 것이다. 그게 영원함이다"라고 말했다. 내 육신이 땅속에서 분해된다는 건 끔찍한 일이지만 내 일부가 자양분이 되어 예쁜 꽃에 흡수된다고 생각하면 신비롭고 기쁘다.

그런데 나는 꽃 속에만 있지 않다. 꽃에서 토끼로 옮겨갈 것이고 다시 여우에게로 갔다가 독수리의 일부로서 하늘을 날다가 땅으로 떨어져 다시 꽃으로 돌아간다. 그렇게 나는 영원히 아름다운 생명 속에 살게 된다. 뭉크의 논리에서도 죽음은 나쁜 일이 아니다. 덕분에 우리가 다른 생명체의 일부가 되고 영원할 수 있다면 오히려 죽음이란 신비한 경험에 가깝다.

그런데 보통 사람에게는 죽음이 아무것도 아닐 수 없다. 죽음이 대자연에 흡수돼 영원에 이르는 일이 좋지도 않다. 평범한 우리에게 죽음은 몹시 나쁜 일이고 끔찍한 사건이다. 왜냐하면, 좋은 것들을 앗아가기 때문이다.

살아 있어야 행복감을 느끼고 사랑도 만끽한다. 맛있는 음식을 혀에 올리는 기쁨, 햇볕의 따스함, 가족과 친구를 끌어안는 촉감을 죽으면 누릴 수 없다. 죽음이 그 좋은 것을 죄다 앗아간다. 나의 가장 좋은 것들을 빼앗는 죽음이기에 죽음은 가장 나쁜 일이다.

게다가 내 죽음은 내가 사라진 세상에 불행을 남긴다. 자녀의 죽음은 부모가 세상을 떠날 때까지 고통을 준다. 엄마 아빠가 사라지면 어린아이도 고통받게 된다. 친구나 사랑하는 사람의 죽음도 영원한 상처가 된다. 죽음이 생명과 무관할까? 자연의 일부가 되는 죽음을 긍정해야 할까? 아니다. 보통 사람에게는 죽음이 삶에 타격을 입히고 고통을 남기기 때문에 지독하게 나쁜 일이다.

그런데 나쁜 죽음 중에서도 더 나쁜 죽음이 있다. 가장 큰 불행을 남기는 죽음이 있다. 뭘까. 질문을 해보자. 내가 죽는다면 가장 슬퍼하고 고통받을 사람은 누구일까. 나의 연인이나 남편이나 자식이나 강아지일까. 모두 아니다. 나의 부모다. 젊어서 죽는 자녀들은 부모에게 영원히 씻을 수 없는 비통함을 남기게 된다. '자식이 죽으면 가슴에 묻는다'고 했다. 일찍 죽는 자녀는 부모의 가슴을 헤집고 파고드는 고통을 준다. 자녀의 죽음이 모든 죽음에서도 으뜸으로 나쁜 죽음이 된다.

일찍 죽지 말아야 한다. 적어도 부모보다는 오래 살아야 한다. 그래야 최악의 죽음을 면할 수 있다. 하지만 수명은 자신이 조절할 수 없다. 사람은 원치 않아도 병이나 사고로 젊은 나이에 홀연히 떠날 수도 있다. 부모보다 일찍 세상을 떠날 상황을 미리 대비하는 것이 좋다. 이때 효과적인 방법이 있다.

마음과 말문을 일찍 열어두는 것이다. 우리는 별일이 없을 때는 부모에게 다정하지 않다. '행복한 인생을 선물해줘서 감사하다'거나 '엄마 아빠 덕분에 기쁜 삶을 살고 있다'라는 단순하지만 감동적인 말을 평소에는 전하지 못한다. 말문은 상황이 나빠져야 열린다. 이를테면 내가 쓰러지거나 부모가 병약해지면 그제야 감사의 말이 나온다. 좀 더 일찍 부모에게 감사하고 위로를 전해야 하는데 사람들은 대체로 느리다. 사랑할 시간이 얼마 남지 않아야 허둥지둥 사랑을 시작한다.

미리 부모에게 마음을 열고 싶은 사람은 이별을 상상하면 된다. 멜리사는 37살 나이에 암으로 부모 앞에서 숨을 거뒀다. 또 이다는 추운 겨울날에 홀로 쓸쓸히 세상을 떠났다. 그들은 죽기 전에 부모에게 고마웠다거나 미안하다는 이별의 말을 남겼다. 인생은 짧다. 곧 헤어지게 된다고 생각하면 말문이 터져서 애증의 대상인 부모에게도 따뜻한 말을 전할 수 있게 된다. 말은 아주 쉽다. 고맙고 미안하다고 하면 충분하다. 모든 부모는 감동할 준비가 돼 있다.

소중한 가족을 위한
마지막 배려

사막에서 길 잃은 남편
프로스페리

가장 사랑하는 것이 가장 치명적이다. 영화에서 악당들은 사랑하는 가족을 인질로 삼아서 주인공을 위험에 빠뜨린다. 돈을 맹목적으로 사랑하면 돈 때문에 불행해지고 음식을 탐닉하면 위태로운 몸을 갖기 쉽다. 그것이 무엇이건 내 사랑을 가장 많이 받는 것이 내게 위협적이다. 한 이탈리아 남자는 무엇보다 좋아했던 달리기 때문에 목숨을 잃을 뻔했다.

이탈리아의 현직 경찰 마우로 프로스페리Mauro Prosperi는 1994년 설레는 마음으로 사하라 마라톤에 참가했다. 당연히 자신이 있었다. 근대5종경기 선수로 올림픽에도 출전했던 강철 체력의 소유자였으니 얼마든지 완주할 수 있다고 생각했다. 하지만 그는 완주를 못 하고 대신 경로를 멀찍이 이탈했다. 멀고 먼 길을 뛰고 걸으며 죽을 고비를 몇 번이나 넘은 후에야 그는 가족에게 다시 돌아갈 수 있었다.

모로코에서 열리는 사하라 마라톤은 실로 무시무시한 경기다. 6일 동안 251킬로미터를 달려야 한다. 하루에 뛰는 거리가 40킬로미터 이상이다. 매일 아침 일어나서 마라톤 풀코스 달리기를 연달아 6번 해야 경기가 끝난다. 그것도 발이 푹푹 빠지고 기온이 50도까지 오르는 모래사막이다. 보급이 충분한 것도 아니다. 물과 텐트는 제공되지만, 나머지 생존에 필요한 것들은 모두 본인 책임이다.

사하라 마라톤 대회가 얼마나 위험한지는 사전 등록 정보 중 하나가 뚜렷이 말해준다. 참가자들은 사망하면 자신의 시신을 어디로 보낼지 미리 정해서 마라톤 주최 단체에 알려야 한다. 이탈리아 경찰관 프로스페리는 훈련을 많이 했다. 매일 40킬로미터를 달리고 물은 최소한으로 마시면서 실전처럼 연습했다.

당연히 아내는 걱정이 이만저만이 아니었다. 남편의 육체적 건강은 물론이고 정신적 건전성도 의심할 상황이었다. 아내와 8살 이하의 아이 셋을 거들떠보지도 않고 매일 달리기 연습만

하는 남편은 누가 봐도 정신이 평범하지 않다. 하지만 남편을 말리는 건 불가능했다. 그에게 달리기는 생명이고 운명이었다.

그런데 마라톤 경주에서 큰일이 난다. 마라톤 4일째 거대한 모래 폭풍이 불었다. 대회는 잠시 중단됐고 선수들은 대피했지만, 프로스페리는 정신없이 계속 달렸다. 그리고 방향을 잃어버렸다. 자기가 있어야 할 마라톤 코스로 돌아가기 위해 걷고 뛰기를 계속했는데 그럴수록 원래 경로에서 멀어졌고 어딘지 알 수 없는 곳으로 향하게 됐다. 지도와 나침반이 있었지만, 주변 풍경이 크게 바뀌어서 소용없었다. 이후 9일간 그는 사막에서 죽음의 위기를 맞게 된다.

사막에서 길을 잃은 프로스페리는 극도로 힘들었다. 물과 식량은 아껴 먹었지만 원래 양이 얼마 되지 않아서 24시간 안에 다 떨어져버렸다. 햇볕은 뜨거웠고 사람 하나 보이지 않았으며 어느 방향으로 가야 할지 도무지 알 수 없었다. 밤이 오면 별이 빛나기 시작했고 생각이 많아졌다. 이곳에서 말라 죽을 수도 있다는 공포감이 커져서 밤이 무서웠다.

얼마나 헤맸을까. 배고프고 목마르며 공포감에 찌든 남자의 눈앞에 작은 집이 나타났다. 사람 사는 집은 아니었고 이슬람교도 성인의 묘지를 덮고 있는 작은 건물이었다. 무덤가에 생명이 있었다. 박쥐들이 숨어 살고 있었다. 프로스페리는 박쥐가 그렇게 반가울 수가 없었다. 배고픈 야생 동물처럼 박쥐를 잡아서 날것으로 먹었다. 단백질과 수분을 보충할 수 있어서 무척 행복했다.

그러나 박쥐가 충분한 식량은 되지 못했다. 프로스페리는 또 이미 지칠 대로 지쳤다. 희망마저도 다 잃었다. 자신을 구하기 위한 것인지 비행기 소리가 들렸지만 금방 사라져버렸다. 그는 자신이 아무리 애를 써봐도 결국은 죽게 될 거라는 몹쓸 확신에 이르게 된다.

그런데 자신이 사막에서 죽으면 큰 문제가 일어난다. 모래에 파묻히면 시신이 발견되지 않기 때문이다. 이탈리아에서 실종자는 10년이 지나야 사망 처리가 된다. 죽은 자신이 발견되지 않으면 아내와 아이들은 10년 동안 경찰 연금을 받을 수 없다. 프로스페리는 무덤 건물에서 생을 마감하기로 마음먹었다. 그곳이라면 발견 확률이 훨씬 높기 때문이다. 그는 당시를 이렇게 회고했다.

"모닥불에서 검게 탄 가지 하나를 꺼내서 아내에게 마지막 편지를 썼어요. 좋은 남편과 아빠가 되지 못한 나를 절대 용서하지 말라고 부탁했어요. 나는 제정신이 아니었고 선명하게 생각할 수 없었죠. 칼을 꺼내 손목을 그었어요. 그런데 탈수 때문에 찐득해져서 피가 흐르지 않았어요. 나는 무덤 건물 바닥에 앉아서 울음을 터뜨렸습니다."

가족을 위해서 죽으려 했지만, 그것도 뜻대로 되지 않았다. 죽는 것도 안 되는 기막힌 상황은 상상하지 못했을 것이다. 남자는 울고 또 울었다. 자신이 바보 같았고 운명이 원망스럽고 그간 등한시했던 가족에게 미안했다.

눈물을 실컷 쏟고 나면 비 온 뒤 하늘처럼 마음이 깨끗해진다. 또 평정도 찾아온다. 자살에 실패한 프로스페리는 어떻게든 죽지 않고 살아서 가족을 만나기로 마음을 고쳐먹었다. 그는 오직 한 방향으로 계속 걸었다. 쓰러지면 다시 일어났다. 힘이 들면 네발로 기어갔다. 눈앞에 나타난 뱀, 벌레, 선인장 등을 닥치는 대로 먹으면서 고독한 짐승처럼 앞으로 나아갔다.

사막에서 쓰러져 죽을 수도 있었다. 그래도 마지막 꿈은 포기할 수 없었다. 운이 좋다면 가족들을 만나 포옹할 수 있다. 가족의 손을 잡고 울면서 사랑한다고 미안하다고 말할 기회가 있을지도 모르는 일이었다. 그는 실낱같은 희망을 품고 앞으로 나아갔다.

프로스페리는 죽을 운명이 아니었던 모양이다. 또는 그가 가족을 모른 체하면서 단련한 강철 체력 덕분일 수도 있다. 사막을 걷고 또 걸으니 오아시스가 나타났고 주변에 있던 유목민의 도움도 받게 됐다. 근처 알제리 군부대로 이송되면서 고난은 끝났다.

그는 마라톤 경로를 이탈해서 300킬로미터를 이동했다. 10일이 안 된 기간 동안 20킬로그램 정도 체중이 빠져서 45킬로그램이 되었다. 눈에 부상을 입었고 간이 많이 나쁜 상태였다. 프로스페리에게 달리기는 치명적이었다. 그런데 이 죽을 고생을 하고도 그는 사하라 마라톤에 되돌아왔다. 1998년에는 발가락 부상으로 중도 포기했지만 2012년 대회에서는 드디어 완주에 성공했다.

프로스페리는 이상한 사람이다. 비단 죽을 뻔한 현장으로 되돌아가서 또다시 달렸기 때문만은 아니다. 최후까지 생존을 추구하는 건 모든 생명체의 본능이다. 그런데 그는 아직 힘이 남아 있는데도 일찍 자살을 시도했던 게 평범하지 않다. 이유는 바로 가족에 대한 책임감 때문이었다.

그는 잘 알고 있었다. 자신이 사라지면 자녀 셋과 아내의 생계가 위태로워질 게 분명했다. 가능하면 죽지 않아야 하겠지만 어쩔 수 없이 죽어야 할 때는 가족에게 도움이 되는 방향이어야 했다. 프로스페리가 할 수 있는 건 생존 열망을 접고 건물 내부에서 생을 마감하는 것이었다. 그래야 시신이 발견되고 가족에게 연금이 주어질 것이기 때문이다. 그는 가족을 사랑했기에 일찍 삶을 포기하려고 했다. 말할 것도 없이 어리석은 생각이었다. 자살 시도가 실패했던 게 오히려 다행이었다. 프로스페리는 살아서 가족에게 돌아가 행복하게 살 수 있었다. 사하라에서 죽었다면 그런 행복한 삶은 없을 뻔했다.

그런데 그 어리석은 생각에 연민을 느끼는 사람도 있을 것이다. 나도 가족을 위해서 세상에서 사라져야겠다고 생각한 적이 있다. 동기는 프로스페리와 같이 경제적인 것이었다. 수년 전 갑자기 실직한 뒤 가족에게 미안했다. 경제적인 도움을 줄 수 없는 처지가 되니 죄짓는 기분이었다.

실제로 잘못을 저지르기도 했다. 쓸모없는 인간이 된 것 같은 절망감이 짜증과 비난으로 표출되는 일이 잦아졌고 나 자신이 밥만 축내는 것이 아니라 가족의 행복까지 갉아먹는다고 자각하게 됐다.

가족에게 도움을 주지 못하고 오히려 해를 입힌다면 존재 가치가 있을까. 한시바삐 사라지는 편이 더 양심적인 게 아닐까. 나는 제법 오랫동안 고뇌했다. 어떻게 사라지는 게 좋을지 궁리하는 나 자신을 제어할 수 없었다. 높은 아파트 베란다에서나 지하철역에서 그리고 산길에서도 자살 충동이 멈추지 않았다. 가족들의 따뜻한 위로가 없었다면 아마 헤어나오지 못했을 것이다.

○
죽기 직전에 남기는
가장 깊은 배려

　　사하라 사막을 달렸던 프로스페리도 무척 괴로웠을
것이다. 자책도 깊었을 게 분명하다. 그런 극심한 정신적 혼란은
자살 시도로 이어졌다. 물론 어리석은 짓이었다. 하지만 그가 가
족을 사랑했다는 사실은 부정할 수 없다. 많은 사람이 그러는 것
처럼 프로스페리도 삶의 끝에서 가족을 사랑하는 자신의 마음
을 뜨겁게 확인했다.

　　프로스페리가 무덤 건물에서 썼던 유언으로 돌아가보자. 불
탄 나뭇가지로 바닥에 쓴 유언에는 가슴 아픈 대목이 있다. 그
는 아내에게 '나를 절대 용서하지 말아요'라고 썼다. 좋은 남편
도 못 되고 책임감 있는 아빠가 되지도 못한 자신을 용서하지 말
고 미워해달라고 아내에게 말했다. 그런데 그는 왜 용서를 빌지
않았을까. '나를 용서해줘요'라고 애걸하고 싶은 게 본심이었을
텐데 정반대 말을 한 이유는 무엇일까.

　　용서해달라는 건 이해해달라는 말이다. 그 위험한 마라톤에
뛰어들었다가 세상을 떠나버린 남편을 용서한다면 아내는 마
음속에 남편을 오랫동안 담아둬야 한다. 마음이 긴 세월 동안 무
겁고 슬플 것이다. 프로스페리는 그걸 원치 않았다. 자신을 미워

해서라도 아내 마음이 금세 가벼워지길 바랐다. 자신을 원망하고 욕하면서 슬픔을 훌훌 털어버리길 기원했다. 자기를 절대 용서하지 말라는 자학적인 유언은 아내를 따뜻하게 배려하는 착한 유언이었다.

생을 마치는 사람의 소원 중 하나는 사랑하는 가족의 마음을 보호하는 것이다. 남은 가족의 마음이 따뜻하고 편안하길 원한다. 그래서 배려 깊은 유언을 남긴다.

"나도 너를 사랑한다."

미국 대통령이었던 조지 H. W. 부시George H. W. Bush가 마지막으로 했던 말이다. 병상에 누워 있는 그에게 아들이 "사랑해요, 아버지"라고 말하자 아버지 부시가 답한 것이다. 유언 덕분에 아들의 마음은 따뜻해졌을 것이다.

미국의 권투 선수 무하마드 알리Muhammad Ali도 배려의 유언을 남기고 동생의 마음을 안심시키면서 세상을 떠났다.

"나는 전혀 아프지 않아. 고통이 없어. 동생 라하만아, 나 때문에 울지 마라. 나는 알라와 함께 있게 될 거야. 신과 나는 평화를 이뤘다. 나는 괜찮아."

동생은 형이 통증에 시달리다가 끝내 숨을 거둘 것 같아서 슬프고 불안했을 것이다. 알리는 동생의 마음을 달래고 싶었다.

뉴질랜드의 산악인 롭 홀Rob Hall은 아내에게 이렇게 말했다.

"잘 자요, 내 사랑. 너무 걱정하지는 말아요."

당시 롭 홀은 에베레스트를 오르던 중이었고 아내는 뉴질랜드 집에 있었다. 그 먼 곳에서 남편이 위성 전화를 걸어서 걱정하지 말고 푹 자라고 말했다. 그런데 그 인사는 마지막 유언이었다.

롭 홀은 1996년 5월에 에베레스트에서 사고를 당했다. 강한 눈 폭풍이 불어서 그를 포함해 4명이 치명적인 상황에 놓이게 됐다. 롭 홀은 동료 3명이 사망한 뒤 눈보라가 쏟아지는 산에 홀로 남겨졌는데, 그때 아내에게 전화로 인사를 남겼고 머지않아서 설산에서 숨을 거뒀다.

죽음이 바로 코앞에 닥친 것을 알면서도 롭 홀은 아무 일이 없는 듯 연기했다. 두려움을 토로해 아내를 괴롭히기 싫었을 것이다. 죽어가는 그의 마지막 소원은 가족의 마음을 보호하는 것이었다.

삶의 끝에 선 사람들은 가족을 안심시키려 다양한 말을 한다.

'사랑한다'고 고백하거나 '나를 미워해달라'고 부탁한다. 또 실제로는 두렵고 아프면서 '아무렇지 않다'거나 '걱정하지 말라'고 웃으며 당부한다. 말은 달라도 마음은 다들 똑같다. 가족을 사랑하기 때문에 하는 말이다.

삶의 끝에 도달한 사람들은 어떻게 하면 가족의 마음을 편하게 할지 거듭 궁리하다가 까다롭게 고른 가장 고운 말 한마디를 가족에게 전한다. 말과 마음이 차갑고 딱딱하던 사람도 최후에는 그렇게 달라진다.

사람은 죽기 직전에 가장 따뜻하고 가장 부드럽다. 교훈적이다. 내일 숨을 거두리라 생각하면 우리는 더 따뜻해지고 더 부드러워진다.

3장

죽음의

선택 앞에서야

인생의 진짜 의미를

깨달았다

자살하는 순간은
어떤 기분일까?

○

금문교에서 뛰어내린 청년
케빈 하인스

누구나 죽고 싶을 때가 있다. 나도 죽고 싶던 때가 있고 내가 아는 사람들도 마찬가지다. 나는 심각한 좌절감이나 굴욕감을 느낄 때 사라지고 싶었다. 이 감정이 깊어지자 희망도 보이지 않고 존재 가치도 없다는 확신까지 들면서 한 열흘 정도 못 견딜 만큼 죽고 싶었다.

좋아하던 연인이 차갑게 돌아서자 죽으려 했던 친구도 봤다. 사업이 망한 후 죽어야겠다며 울부짖는 지인 모습을 바라보면서 앉아도 있었다. 눈물이 났다. 그래도 나는 아직 실행에 옮기지 않았다.

나처럼 많은 사람이 세상에서 사라지는 상상을 잠깐 하다가 다시 삶으로 돌아온다. 그런데 일부 사람은 실제로 죽음을 택한다. 그 숫자가 생각보다 훨씬 많다.

우리나라에서 2018년 기준 1만 3,670명이 스스로 삶을 마감했다. 1일 37명, 1시간당 1.5명꼴이다. 가령 2시간 정도의 영화 한 편을 보고 영화관을 나오면 전국 어딘가에서 3명 정도가 스스로 삶을 마감한 것이다.

나는 문득 궁금해졌다. 자살을 시도한 순간의 느낌은 어떨까. 독한 마음을 먹고 삶에서 죽음으로 건너뛸 때 어떤 생각이 들까. 두 명의 유명한 자살 실패자들은 자살을 시도하자마자 격렬한 후회가 밀려온다고 말했다.

2000년, 미국의 청년 케빈 하인스Kevin Hines는 금문교에서 뛰어내렸다. 양극성 장애와 우울증을 앓던 케빈은 고통을 끝내고 싶었다. 생을 마감하려 금문교에 도착하자 눈물이 쏟아졌다고 한다.

누군가 케빈을 말리거나 위로했다면 다리에서 뛰어내리지는 못했을 것이다. 그러나 단 한 사람도 관심을 보이지 않았다. 머릿속에서 이런 소리가 들렸다. '뛰어내려!' 케빈은 계획대로 난간을 넘어서 허공으로 몸을 던졌다.

죽음을 향해 뛰었던 그 순간 어떤 생각이 떠올랐을까. 케빈은 구사일생으로 살아났고 언론 인터뷰나 강연에서 금문교에서 뛰어내리자마자 즉시 후회했다고 밝혔다.

"손은 난간에서 멀어졌고 허공에서 다리가 꺾였어요. 그 순간 이런 생각이 들더군요. '나는 죽고 싶지 않다'고 말이죠."

이상한 일이다. 죽으려고 하면 즉시 살고 싶어진다. 죽기로 마음먹고 시도하는 순간 바로 뜨겁게 생존 본능이 들끓어 오른다. 그러나 많은 경우 돌이킬 수가 없다. 자살은 시도하지 말아야 한다. 분명 격렬하게 후회하기 때문이다.

후회 말고도 자살을 시도하지 말아야 하는 또 다른 이유가 있다. 무척 아프기 때문이다. 케빈은 시속 120킬로미터의 속도로 수면에 떨어졌다. 수학적으로 계산해보면 콘크리트에 부딪히는 것과 비슷한 충격이다. 다리를 비롯해 온몸이 정말 뼈저리게 아팠다.

척추가 부러지는 부상은 당연했다. 그런데 정말 다행히 척수 신경이 2밀리미터 차이로 끊어지지 않았다. 그 높은 곳에서 초고속으로 떨어졌는데도 불구하고 걷는 데는 지장이 없다는 의미다.

불행해서 죽으려고 했던 케빈은 알고 보니 운이 아주 좋은 사람이었다. 익사하지 않은 것도 뜻밖의 도움 덕분이다. 물속에 빠지자마자 케빈은 생존 본능이 되살아나 수면으로 떠오르려고 발버둥을 쳤다. 그런데 이상한 느낌이 들었다. 어떤 동물이 자신에게 다가와 밀치는 것 같았다. 케빈은 자신을 잡아먹으려는 상어인 줄 알고 주먹을 휘둘렀다. 자살을 시도한 사람이 살려고 몸부림을 친 것이다.

그런데 필사적인 강펀치를 맞은 동물은 나쁜 상어가 아니라 착한 바다사자였다. 바다사자가 익사할 것 같은 케빈을 수면으로 떠오르도록 도와준 것이다. 생명을 중시하는 고마운 바다사자를 만났으니 이 또한 엄청난 행운이 아닐 수 없다.

금문교에서 떨어져서 생존할 확률은 1퍼센트 이하다. 살아남아도 걷거나 뛸 수 있는 확률은 더 낮다. 케빈은 모든 희망을 잃고 금문교에서 뛰어내렸지만 여러 종류의 행운이 그를 보호했다.

기적적으로 생존한 케빈은 삶의 희망을 보여주는 상징적 존재다. 자살 시도 덕분에 자신이 행운아임을 알게 된 케빈은 현재 자살 방지와 정신 건강을 주제로 사람들에게 희망을 심어주는 강연을 하고 있다.

방아쇠를 당긴 17살 소녀
엠마

2017년 미국의 고등학생 엠마 베노이트Emma Benoit가
방아쇠를 당겼다. 총구는 자신의 가슴을 향해 있었다. 엠마는
겨우 17살이었다. 철없이 낙관적이어야 할 나이다. 이유 없이
까르르 웃으며 길거리를 걸어도 전혀 이상할 게 없는 젊은 아이
였다.

엠마는 겉으로 보기엔 나이에 걸맞게 밝고 행복했다. 학교에
서 치어리더로 활동했고 인기도 많았다. 집에는 엠마를 사랑하
고 따뜻하게 보살피는 엄마 아빠가 있었다. SNS도 밝고 행복한
내용으로 가득했다. 누구도 엠마의 행복을 의심할 수 없을 만큼
완벽해 보였다.

그런데 마냥 행복할 것만 같은 엠마에게 비밀이 있었다. 친구
도 선생님도 부모님도 몰랐다. 아무도 모르는 비밀 때문에 엠마
는 세상에서 사라지고 싶었다. 엠마는 불행한 마음을 감추고 행
복해 보이려고 꾸미면서 더 깊이 병들었다. 불안하고 우울한 마
음이 심각해지면서 자살 충동도 자주 느꼈다. 하지만 자존심이
상하고 창피해서 누구에게도 말할 수 없었다. 자신을 부끄럽게
여기는 사람은 내내 불안하고 때로는 공격성을 드러내기도 한

죽음의 선택 앞에서야 인생의 진짜 의미를 깨달았다   **109**

다. 이런 수치심이 엠마에게 가장 치명적이었다.

그런데 수치심을 씻어버리는 쉬운 방법이 있다. 바로 믿을 수 있는 사람에게 말해버리는 것이다. 수치심은 마음 밖으로 꺼내놓는 순간 얼음이 녹아 증발하듯 사라진다. 미국 심리학자 브레네 브라운Brene Brown의 주장이 그렇다. 믿는 사람에게 자신이 뭘 부끄러워하는지 말하면 고통에서 벗어난다고 브라운은 강조한다.

그런데 대부분 사람은 자신의 수치심을 고백하지 못한다. 대신 꼭꼭 숨긴다. 그럴수록 수치심은 강해지고 사람을 잡아먹는 괴물이 돼버린다. 엠마도 그랬다. 마음속에서 자라는 열등감이나 괴로움을 친구나 가족에게 솔직히 털어놓고 고통에서 벗어났어야 한다. 하지만 입을 꼭 닫아버렸고 수치심은 마음속에서 무럭무럭 자라나 힘이 세져버렸다. 엠마는 고민을 거듭할수록 자신이 살 가치가 없다고 느껴졌고, 세상을 떠나기로 마음먹기에 이른다.

2017년 6월, 엠마는 집에서 아빠의 총을 가슴에 대고 방아쇠를 당겼다. 훗날 엠마는 그날이 '나의 인생에서 가장 어두운 날'이었다고 말한다. 운이 좋지 않았다면 그녀는 매일 스스로 목숨을 끊는 미국인 120명 중 한 명이 될 뻔했다. 다행히 목숨을 구한 엠마는 총격 후 겪은 상황을 글과 강연에서 자세히 설명했다.

총탄이 번개처럼 빠르게 날아서 몸속으로 파고들었다. 귀속에서 전화벨 소리 같은 것이 들렸다. 윙윙거리고 징징거리는 소리였다. 입에서는 처음 경험하는 맛이 났다. 엠마의 입으로 들어간 화약 가루가 내는 맛이었다. 이완되고 수축하는 심장 운동을 따라 혈액이 몸에서 울컥거리며 빠져나가는 소리도 들렸다. 반려견이 놀라서 짖었다. 쓰러진 엠마를 보고 강아지는 필사적으로 도움을 청했다. 정신없이 달려와 엠마를 안고 울부짖던 엄마의 목소리도 의식이 희미한 가운데 들렸다. 계속 숨을 쉬라고 숨을 멈추면 안 된다고 엄마는 소리쳤다.

엠마는 죽기 위해 방아쇠를 당기자마자 '내가 방금 무슨 짓을 한 거지?' 하고 후회했다. 이런 후회를 우리도 일상에서 자주 경험한다. 버럭 화내고 나서 곧바로 후회한다. 미움을 참지 못해 나쁜 말을 뱉어도 후회가 뒤따른다. 자신을 향해 방아쇠를 당겨도 마찬가지다. 내가 왜 그랬는지 도무지 이해할 수 없고 깊이 후회하게 된다.

엠마는 방아쇠를 당긴 후 또 다른 마음도 생겼다. '살고 싶다'는 간절함이다. 삶의 의지를 잃고 파멸을 시도했지만 단 1초 만에 생을 향한 열망이 솟구쳤다. 지긋지긋하게 싫었던 삶이 다시 간절해졌다.

병상에서 회복 중이던 엠마는 낯선 모습을 봤다. 자신은 살 가치가 없다고 생각했는데 가족과 친구들이 엠마를 살려달라고 눈물을 흘리며 간절히 기도하고 있었다. 엠마는 감동했다. 자신이 의미 있는 존재라는 걸 비로소 알았기 때문이다. 살아야 할 의미가 없다고, 사랑받을 자격이 없다고 믿었던 엠마의 마음이 병상에서 생명을 얻었다.

그런데 엠마의 위험한 행동에는 큰 대가가 따랐다. 생명을 잃지는 않았지만 척수 손상으로 걸을 수 없게 된 것이다. 힘든 재활 훈련을 받고 있지만, 다시 걸을 가능성은 희박하다. 마음의 상처를 입은 엠마는 다음과 같은 글을 썼다.

"알람을 끄고 눈을 비볐어요. 나는 깨어났고 새날이 시작된 것이죠. 행복하고 희망적인 기분이 들었고 빨리 움직이고 싶었죠. 오늘은 무엇이든 할 수 있을 것 같았어요. 하지만 앉아서 바닥에 발을 붙이는 순간 한숨이 났어요. 보행 보조기를 끌어오면서 내 다리에게 말했어요. '오늘은 안 되겠다' 하고요."

엠마는 아침에 눈을 뜰 때마다 이전처럼 걷고 뛸 수 있다는 기대를 품는다. 하지만 현실은 다르다. 보조기나 휠체어를 이용해야 한다. 슬픔이 깊을 수밖에 없다. 엠마는 '후회, 좌절, 분노, 두려움, 무가치, 주저함, 불안, 눈물'이 자신의 감정을 표현하는 단어라고 쓰기도 했다.

하지만 엠마가 항상 좌절감과 자기 연민에 빠지는 것은 아니다. 엠마가 죽음의 고비를 넘으면서 얻은 것도 있다. 자신이 사랑받는 존재라는 사실을 알게 됐다. 삶의 모든 순간에 숨어 있는 기쁨을 찾아내는 게 진정한 행복이라는 것도 배웠다. 솔직하게 대화하면 더 가까워지고 사랑도 커진다는 사실도 알게 됐다. 엠마는 현재 자신이 얻은 교훈을 글과 강연을 통해서 세상 사람들에게 들려주고 있다.

스스로 생명을 끊는 것은 금방 후회할 행동일 뿐 아니라 가족에게 가혹한 짓이다. 《파이 이야기Life of Pi》의 작가 얀 마텔Yann Martel은 다음과 같이 말했다.

"형제를 잃는 것은 성장의 경험을 나눌 누군가를 잃는다는 뜻이며, 형수나 조카들을 데려올 누군가를 잃는다는 뜻이다. 아버지를 잃는다는 건 가르침과 도움을 가진 사람을 잃는 것이며 어머니를 잃는 건 머리 위에 떠 있는 태양을 잃는 것과 같다."

홀로 존재하는 단독자는 없다. 이 세상에 태어났다면 누군가의 자식이거나 형제자매다. 결혼했다면 부모가 된다. 자신의 생명을 끊는 것은 남의 형제, 자매, 부모 그리고 친구를 빼앗는 것과 같다.

자살을 선택하는 사람은 후회하면서 고통받게 된다. 삶도 고통이지만 죽음은 훨씬 아프고 괴롭다. 누구나 살 수 있다. 마음에 쌓인 수치심과 절망감을 한 꺼풀만 걷어내도 삶을 거뜬히 견뎌낼 수 있다.

깨지기 쉬운 인생을
사랑하는 법

삶을 사랑했던 27살 암 환자

홀리

삶은 끝나기 때문에 의미가 있다. 인생에 의미를 부여하는 건 죽음이다. 죽지 않는다면 삶은 무의미로 가득 차게 된다. 굶주려도 산다면 밥벌이 노동이 무의미해진다. 스트레스에 짓눌려도 죽지 않는다면 음악이나 휴가가 의미를 잃는다. 또 아무리 늙어도 죽지 않는다면 젊게 살려는 노인의 의지가 무색해진다. 이렇듯 삶은 끝나기 때문에 의미가 있다. 소설가 프란츠 카프카Franz Kafka는 '멈춘다는 게 인생의 의미다'라고 했다. 그렇게 보면 죽음은 다행이다. 죽음이 없었다면 어쩔 뻔했나.

하지만 너무 젊은 나이에 죽는 것은 슬프다. 특히 27살이라면 더더욱 슬프다. 27살은 정말 좋은 나이다. 첫사랑을 해도 좋고 첫 취직을 해도 좋을 나이다. 아니면 훌훌 털고 새로운 사랑을 찾거나 새 인생을 개척해도 늦지 않다. 하필이면 그 좋은 나이에 생명을 잃는 건 비극이다.

어느 27살 호주 여성은 삶을 사랑했지만 세상을 떠나야 했다. 불치병 때문이었다. 어느 27살 미국 남성은 온 세상의 사랑을 받았지만 스스로 삶을 포기했다. 먼저 삶을 사랑했던 호주 여성의 이야기를 들어보자.

2018년, 호주 여성 홀리 부처Holly Butcher는 뼈에 악성 종양이 생기는 유잉육종을 이겨내려고 1년여 동안 사투를 벌였지만, 희망이 없는 상황이었다. 홀리는 친구들에게 인사를 하려고 마지막 편지를 써서 페이스북에 공개했다.

편지에서 소똥Bullshit을 밟지 말라고 강조했다. 이를테면 잡스럽고 의미 없는 일 때문에 고통받지 말라는 것이다.

"당신은 오늘 차량 정체에 갇혔을지도 몰라요. 아기가 깨우는 바람에 잠을 설쳤을 수도 있고요. 또는 미용사가 머리카락을 너무 짧게 잘랐거나 셀룰라이트가 배에 생겼을지도 몰라요. 그런 엉터리 소똥들은 다 잊어버리세요. 죽을 때가 되면 절대로 그런 걸 생각하지 않아요. 인생 전체를 놓고 생각하면 전혀 중요하지 않아요."

인생에는 소똥, 즉 잡스러운 사건이 깔려있다. 언제 어디서 기분 나쁜 일들이 터질지 모른다. 홀리가 말했듯이 차가 밀려 억울하게 지각할 때도 있다. 돈을 들였는데 머리 모양이 불만족스러워서 속상할 수도 있다. 또 무례한 직장 상사 때문에 불쾌해질 수 있다.

그런데 이 모두를 소똥으로 치부할 수 있어야 한다. 인생 전체에 비하면 아무것도 아닌 잡스러운 사건들이니 무시하는 게 낫다. 소똥들에 대한 생각에 빠져 있으면 내 인생이 구려진다. 소똥이 기껏해야 소똥밖에 안 된다는 걸 알아야 행복할 수 있다.

그렇다. 우리 인생은 장미꽃밭이 아니다. 그런 인생은 꿈에나 있다. 현실의 삶은 소똥 밭이다. 매일 소똥을 보는 게 당연하다. 일상다반사니까 소똥을 만나도 흔들리거나 기쁨을 잊을 이유가 전혀 없다. 소똥을 보고 코웃음을 치는 사람이 행복하다. 홀리는 소똥 밭 같은 현실에서도 자기에 대한 긍정이 꼭 필요하다고 말했다.

"누가 당신을 비참하게 만들어도 당신에게는 상황을 변화시킬 힘이 있어요. 회사에서도 그렇고 사랑도 그래요. 나쁜 상황을 좋게 변화시키겠다는 용기를 가져요. 지상에서 보낼 시간이 많지 않으니 비참해하면서 시간을 낭비하면 안 돼요."

회사 사람이나 애인이 못되게 굴어도 주눅들지 말자. 내 잘못이 아니다. 설사 내가 뭘 잘못했더라도 심한 말로 나를 비참하게 만들었다면 그들이 틀렸다. 내 삶은 보석처럼 소중하다. 비참해져서 시간을 낭비하는 것은 말도 안 된다. 홀리는 지상에서 보낼 시간이 많지 않다는 걸 기억하라고 친구들에게 강조한다.

그런데 씩씩한 홀리의 마음에도 슬픔이 있다. 27살에 죽어야 하니 애통하고 괴롭다. 항상 자기 얼굴에 주름이 생기고 흰 머리가 나는 걸 상상하면서 살았다. 가정을 꾸리고 사는 게 당연한 미래일 것 같았다. 그러나 그 모든 것을 이룰 수 없다. 죽음의 시간이 재깍재깍 다가온다. 홀리는 삶을 너무나 사랑하기 때문에 슬픔이 더욱 크다.

"나는 27살이에요. 죽고 싶지 않아요. 인생을 사랑하고 행복해요. 이 모두 내가 사랑하는 사람 덕분입니다. 내 꿈은 가족과 한 번 더 생일이나 크리스마스를 보내는 거예요. 연인이나 강아지와 하루 더 있고 싶어요. 딱 한 번만 더 그랬으면 좋겠어요."

홀리는 대단한 것을 원하지 않았다. 친구와 가족 그리고 강아지와 함께 행복하게 지내는 걸 꿈꿨다. 그런데 그 소박한 꿈을 너무 빨리 포기해야 했다. 생일을 단 한 번만 더 보내고 싶다는 편지를 공개한 다음 날 홀리는 숨을 거뒀다.

자신을 미워했던 27살의 록스타
커트 코베인

홀리는 삶을 사랑했지만 27살에 세상을 떠나야 했다. 홀리와 같이 27살에 숨을 거둔 미국 남자가 있다. 젊은 나이에 숨진 공통점만 빼고는 전부 반대다. 성별은 물론이고 삶에 대한 마음도 달랐다. 자신을 사랑한 홀리와 달리 남자는 자신이 싫어서 삶을 접었다. 지명도도 달랐다. 홀리는 수십억 명 일반인 가운데 한 명이었지만 이 남자는 세계적인 스타였다. 바로 가수 커트 코베인이다.

1994년, 록밴드 너바나의 멤버 커트 코베인의 자살은 미국뿐 아니라 세계 음악 팬들을 충격에 빠트렸다. 커트는 지금까지도

'얼터너티브 록'의 상징으로 평가받는 전설이다.

27살에 스스로 목숨을 끊은 커트는 무슨 생각을 했을까. 유서에는 절망이 선명하게 담겨있었다. 예술적 열정을 잃었다는 점이 커트를 못 견디게 했다. 음악을 만들고 노래하는 데서 아무런 즐거움을 얻지 못했다고 유서에 쓰여있다.

"나는 음악을 듣고 창조하고 읽고 쓰는 흥분을 몇 년 동안 느끼지 못했어요. 이런 것에 말할 수 없는 죄책감을 느낍니다."

일반인인 나도 그 심정을 안다. 돈 받는 회사 일도 재미가 있고 보람도 있어야 계속할 수 있다. 아무런 재미가 없다면 직장생활은 형벌과 다르지 않다. 커트도 아마 다 지루하고 무감각했을 것이다. 그런데 죄책감도 느꼈다. 열의 없이 노래하는 자신에게 팬들이 감동하는 게 죄스러웠다. 커트는 자신이 사람들을 속이는 범죄 행위를 한다고 판단하기에 이른다.

"내가 생각하는 가장 나쁜 범죄는 내가 완전히 즐거움을 느끼는 척 연기하면서 사람들을 갈취하는 것입니다."

커트에게 자신은 팬들을 속이는 몹시 나쁜 존재였다. 또한 가

족에게도 나쁜 존재라고 확신했다. 가장 사랑하는 딸 프란시스
마저도 자기 때문에 불행해질 거라고 믿었다.

"나는 프란시스가 나처럼 비참하고 자기 파괴적인 죽음의 록
커가 될 거라는 생각 때문에 견딜 수가 없어요."

아주 괴로웠던 모양이다. 그런데 이상한 게 있다. 당시 딸 프
란시스가 사춘기 소녀라도 됐다면 모르지만, 생후 20개월이었
다. 성격의 싹이 보일까 말까 한 나이다. 딸이 20년 정도 지나서
어떤 세계관과 감성을 갖게 될지는 아무도 모른다. 그런데 커트
는 단정해버렸다. 자신의 영향을 받아 불행하고 비참하게 자랄
것이라고 믿어버린 것이다. 자기혐오에 빠진 커트는 위험한 결
론에 도달한다.

"딸의 인생은 내가 없어야 더 행복할 것입니다."

커트는 큰 고통을 받았을 것이다. 보통 사람과 비교할 수 없는
섬세한 감성 때문에 깊이 상처받아서 삶을 포기해버렸다.
음악적 열정을 잃어버린 게 싫고 팬들을 속인 것이 참담하다
면 음악 활동을 쉬면 회복될 수 있지 않았을까. 하지만 커트는

나쁜 믿음을 굳혀버렸다. 예술적 열정이 절대로 되살아나지 않을 것처럼 말이다. 딸에 대한 예측도 마찬가지다. 이제 생후 20개월 된 아이가 커서 불행한 정신을 가질 거라고 앞질러 판단한 건 성급했다.

20세기 말 최고 록스타 커트는 자신이 나쁜 존재라서 가족과 팬들에게 나쁜 영향만 끼칠 것으로 믿고 안타깝게도 스스로 삶을 버렸다.

언제나 행복했던 호주 여성 홀리는 27살에 생명을 빼앗겼다. 또 누가 봐도 행복할 것 같은 세계 최고의 록스타 커트는 27살에 스스로 생명을 버렸다. 결과는 같지만 속사정은 다르다. 홀리는 인생과 자신을 사랑했다. 커트는 자신이 해롭다고 믿고 진심으로 미워했다. 홀리가 우월하다고는 할 수 없지만, 그녀의 깨달음은 희망적 메시지를 준다.

"인생은 깨지기 쉽고 소중하며 또 예측할 수 없습니다. 하루하루가 선물이에요. 주어진 권리가 아니고요."

홀리의 말이 맞다. 인생은 권리가 아니라 선물이다. 삶은 우리가 어디서 당당히 벌어온 것이 아니라 고맙게도 누군가가 우리에게 준 것이다. 인생이라는 선물을 감사히 받아 유용하게 써야 한다. 그러면 어떻게 해야 하루하루를 행복하게 보낼 수 있을까? 언제나 행복했던 홀리는 아주 구체적인 일들을 추천한다.

"자연으로 자주 나가세요. 가끔 아침에 일찍 일어나서 새소리를 듣고 뜨는 해가 만드는 아름다운 하늘을 보세요. 음악을 들으세요. 강아지를 껴안아주세요. 친구들과 대화하세요. 전화를 걸어요. 오늘 잘 지냈나 물어보세요. 원하면 여행을 가고 원치 않으면 여행을 가지 말고요. 일하기 위해 살지 말고 살기 위해 일하세요. 마음을 행복하게 만드는 일을 하세요. 하기 싫은 일에는 'No'라고 꼭 답하세요. 남들이 생각하는 좋은 인생을 살 필요는 없어요. 사랑하는 사람에게 사랑한다고 자주 말하고 모든 것을 주면서 사랑하세요. 여기까지 한 젊은 여자의 인생 조언이었어요. 받아들여도 좋고 아니어도 좋아요. 난 괜찮아요."

그럴 것 같다. 이렇게 작고 예쁜 일들을 하다 보면 곧 행복해질 것이고 행복해지면 인생을 더 뜨겁게 사랑하게 될 것 같다. 산책하고 강아지를 껴안고 친구와 대화하고 음악을 들으면 된다. 더 필요 없다. 인생을 사랑하는 법은 단순하고 쉽다.

그런데 위의 내용은 사실 홀리의 소망 리스트였다. 죽지 않는다면 꼭 해보고 싶은 일들이었다. 사랑을 나누고 우정을 쌓고 여행을 가며 싫은 건 싫다고 말하면서 살고 싶었다. 그 작고 간단한 일들이 홀리처럼 생명을 잃는 사람에게는 불가능하다.

생명이 있다는 건 특권이다. 그런데 생명이 있으면서도 행복을 추구하지 못하는 사람도 있다. 커트처럼 자신을 미워하는 사람은 행복을 즐기지 못한다. 그런 사람들은 죽은 채로 사는 것과 같다. 미국 정치인 벤저민 프랭클린Benjamin Franklin은 이런 말을 했다.

"많은 사람이 25살에 죽지만 75살이 돼서야 땅에 묻힌다. 자신을 사랑하며 행복을 추구해야 생명이다. 아니면 살아 있는 시체나 다름없다."

사랑 때문에
내 삶을 내던지고 싶다면

사랑하는 사람을 위해 사라진
버지니아 울프

1941년, 영국의 소설가 버지니아 울프Virginia Woolf가
유서를 남기고 집을 나섰다. 남편 레너드 울프Leonard Woolf는 집
뒤편에서 우즈 강으로 이어진 발자국을 봤다. 하지만 외투 주머
니에 돌멩이를 채우고 강으로 걸어 들어간 아내를 찾을 수는 없
었다. 버지니아는 3주가 지나서야 발견됐다. 버지니아의 죽음
이 공식화되자 시인 T. S. 엘리엇Thomas Stearns Eliot은 '하나의 세상
이 끝났다'고 했다. 버지니아가 이전에 없던 세계를 창조한 뛰
어난 예술가였다는 칭찬일 것이다.

버지니아의 자살 원인 가운데 첫 번째는 정신 질환에 대한 두려움이다. 13살 때 어머니가 세상을 떠나자 버지니아는 처음으로 신경쇠약을 경험했다. 그 후 평생 불면증, 우울, 환청, 공포감 등에 시달렸다고 한다.

불면증은 고통스럽다. 몸은 피곤하고 정신은 흐릿한데 잠들 수가 없다. 뇌와 몸이 바싹 말라버리는 느낌이다. 불면 때문에 버지니아는 무척 힘들었다. 우울증도 심각한 병이다. 우울증을 앓는 사람은 슬픔에 자주 젖는다. 자신이 가치 없다고 느끼고 죄의식에 빠진다. 우울증도 버지니아에게 고통을 줬다. 또한 사람의 목소리가 들리는 환청에 시달렸고 근거 없는 공포감에도 휩싸였으니 버지니아는 무척 힘들었을 게 분명하다.

다양한 정신 질환 때문에 여러 번 시설에 수용된 적이 있던 버지니아는 다시 증세가 심해질 기미를 보이자 자살을 생각하게 된다. 고통을 또다시 견뎌낼 자신이 없었다.

버지니아가 자살한 다른 원인은 남편에 대한 미안함 때문이다. 헌신적으로 자신을 돌보던 레너드에게 다시 고통을 줄 게 미안했고 또 무서웠다. 버지니아는 자신이 사라지는 것이 레너드에게 이롭다는 판단을 굳히게 된다. 남편에게 쓴 버지니아의 가슴 아픈 마지막 편지는 이렇다.

"내가 또 미쳐버릴 게 분명해요. 우리는 이 끔찍한 시간을 겪어낼 수 없을 것 같아요. 나는 이번에는 회복할 수 없을 거예요. 목소리들이 들리기 시작해서 집중할 수가 없어요. 그래서 내가 할 수 있는 최선의 선택을 하기로 했어요. 당신은 내가 받을 수 있는 모든 행복을 줬어요. 당신은 할 수 있는 모든 것을 다 했어요. 어떤 두 사람도 우리보다 행복할 수는 없다고 생각해요. 이 끔찍한 병이 오기 전까지는 그랬어요. 이제는 견딜 수 없어요. 내가 당신의 삶을 망칠 거예요. 내가 없어야 당신이 잘해낼 수 있어요. 내 삶의 모든 행복은 당신 덕분이었어요. 당신은 한없이 인내했으며 또 믿을 수 없이 선량했어요. 이 말은 하고 싶어요. 누구나 알고 있는 사실이라고. 나를 구해준 사람은 틀림없이 당신이에요. 계속 당신의 삶을 망칠 수 없어요. 어떤 두 사람도 우리보다 행복할 수는 없었을 거예요."

버지니아에게는 자신이 최악일 때도 깊이 이해하고 인내한 착한 남편 레너드가 있었다. 두 사람은 행복한 삶을 나눴지만 무시무시한 정신병이 다시 찾아왔다. 버지니아는 두려웠다. 이번에는 병을 이기지 못할 것 같았다. 남편의 삶도 무너질 게 분명했다. 끔찍한 공포감에 휩싸인 버지니아는 피했어야 할 결론을 내린다. 자신이 없어져야 남편이 행복해질 거라고 믿으며 강물

속으로 걸어 들어가 버렸다.

　그런데 버지니아의 자살은 남편 레너드의 불행을 막기는커녕 더욱 키워버렸다. 레너드는 아내가 숨진 후 고통이 컸다.《레너드 울프, 전기Leonard Woolf: A Biography》에 다음과 같은 대목이 나온다.

> "사람들은 말한다. '와서 같이 차 마셔요. 위로하고 싶어요'라고. 하지만 소용없다. 사람은 자기 자신의 십자가에 못 박혀야 한다."

　아내를 잃은 레너드에게 다른 사람의 위로는 무의미했다. 홀로 있어야 했다. 십자가에 외롭게 못 박힌 예수처럼 레너드도 자신의 고통을 홀로 감당하는 것 빼고는 달리 방법이 없었다. 레너드는 누구도 이해하거나 위로할 수 없는 고통에 빠져들고 말았다.

　레너드는 환영에도 시달렸다. 버지니아가 세상을 떠난 것을 분명히 알고 있었다. 아내의 화장한 시신을 느릅나무 아래에 묻은 것도 레너드 자신이었다. 분명히 버지니아는 세상에 없었다. 그런데 환영이 멈추지 않았다. 가끔 버지니아가 저만치에 서 있는 것만 같았다. 또 아내가 평소에 그랬던 것처럼 정원을 가로질러 현관문을 열고 들어올 것만 같은 생각도 멈추지 않았다. 버지니아의 죽음은 남편에게 안식이나 평안을 주지 않았다. 레너드는 오랫동안 깊은 고통과 상실감에 빠져 지내야 했다.

버지니아는 자신과 남편이 행복하게 살았다고 확신했다. 죽음을 결심하고 돌아보니 더없이 행복했다는 걸 알게 됐을 것이다. 그런데 행복을 떠올린 그 순간 책상에 앉아 편지를 이렇게 고쳤다면 어땠을까.

"환청이 들려요. 나의 병이 또 재발한 것이 두려워요. 내가 어쩌면 당신 삶을 망칠 수도 있을 거예요. 그래도 견뎌보겠어요. 우리 두 사람은 불가능하다 싶을 정도로 행복하게 살았어요. 다시 행복해질 수도 있지 않을까요? 미안해요. 살아보겠어요. 나를 도와주세요."

이처럼 버지니아의 정서에 맞지 않는 평범한 유서였다면 유명한 글로 남지는 못했을 것이다. 하지만 버지니아는 죽지 않았을 테고 남편 레너드도 고통의 시간을 보내지는 않아도 된다.

버지니아처럼 고통에서 벗어나기 위해 스스로 생명을 끊는 사람들이 있다. 그들은 고통을 없애려고 자살을 선택한다. 하지만 고통은 사라지지 않고 옮겨간다. 미국 작가 지넷 월스Jeannette

Walls의 지적이 딱 들어 맞는다.

"사람들은 자신이 생명을 버리면 고통이 끝난다고 생각한다. 하지만 자신의 고통을 남겨진 사람들에게 전달할 뿐이다."

고통스러워서 삶을 버린다면 자신은 고통에서 벗어날지 모르지만 남겨진 사람이 그 고통을 대신 감당해야 한다. 버지니아의 남편 레너드는 어쩌면 아내보다 몇 배 무거운 고통을 감당했을지도 모른다. 남편과 행복했던 버지니아가 강으로 들어가지 말고 돌아와 현관문을 열었다면 어땠을까. 고통 속에서 슬픈 선택을 했던 그녀가 안타깝다.

그런데 나도 버지니아처럼 이타적인 자살을 생각해본 적이 있다. 2년 전, 사랑하는 사람을 위해서 내가 사라져야 하는 게 아닐까 고민했다. 갑자기 경제적 능력을 상실하면서 나 자신이 무가치한 존재로 느껴졌다. 자괴감이었다. 미안한 마음도 들었다. 내가 밥이나 축내면서 가족에게 정서적 해를 끼치는 것이 마음 불편했다. 가족에게 부담을 줄 바에야 내가 사라지는 게 낫다고 생각했다. 자살을 실행하진 못했지만 길게 그리고 진지하게 고민하면서 나는 점점 피폐해지고 더욱 외로워졌었다.

그런데 돌이켜 보니 가족을 위해 사라져야겠다는 내 생각은 자기기만이었다. 실은 나 자신을 위한 거였다. 창피한 게 싫었던 거다. 알량한 권위나 자존심을 잃은 채 사는 게 부끄러워서 사라질 궁리를 했다는 걸 깨달았다. 내가 죽어서 사랑하는 사람을 행복하게 만드는 건 불가능하다.

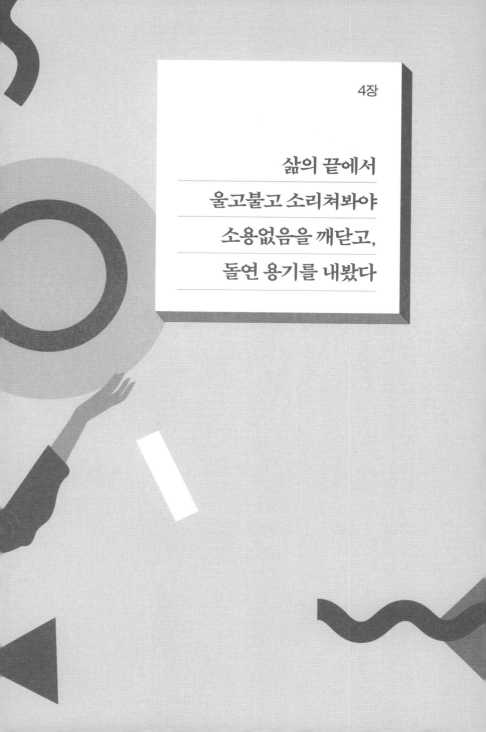

삶의 끝에서
울고불고 소리쳐봐야
소용없음을 깨닫고,
돌연 용기를 내봤다

곧 죽을 것 같은 공포를
어떻게 극복할까?

폭탄 테러를 당한
질 힉스

죽을 것 같이 힘들 때가 있다. 모든 것을 포기하고 싶은 순간, 어떻게 해야 다시 일어설 수 있을까. 좋은 방법은 자부심을 느끼는 것이다. 내가 아름답고 가치 있는 존재라고 믿으면 저절로 일어나진다. 누구도 막지 못한다.

죽음의 공포를 겪었다고 모두 극심한 스트레스 장애에 시달리는 건 아니다. 트라우마를 겪은 후 더 큰 사람이 되기도 한다. 자기 이해가 깊어지고 적용력이 높아진다. 그런 '외상 후 성장'을 상징하는 질 힉스Gill Hicks라는 여성이 있다. 그녀는 마음 깊이 자부심을 품고서 지옥에서 걸어 나왔다.

호주인인 질은 영국 런던에서 직장 생활을 했다. 그런데 평화로운 어느 아침에 믿을 수 없는 일을 당했다. 자신이 타고 있던 지하철이 폭발한 것이다. 그녀가 겪은 일을 1인칭 시점으로 요약하면 이렇다.

"평범한 출근길이었는데 상상도 못 한 일이 벌어졌어요. 내가 타고 있던 지하철 안에서 폭탄이 터진 것입니다. 19살 자살 폭탄 테러리스트는 나와 같은 시각에 같은 지하철 차량에 올랐고 바로 내 곁에 서 있었어요. 그는 나를 봤을까요. 그것은 알 수 없는 일이지만 나는 그를 봤어요. 눈여겨보지 않아 기억을 못 할 뿐입니다. 내 곁에 있던 그는 무슨 생각이었을까요. 자살 폭탄 버튼을 누르는 그 순간에는 또 어떤 마음이었을까요. 그는 주변 승객들을 '한 사람'이 아니라 '하나의 적'으로 생각했을 거예요. 우리를 비인격화했으니까 아무렇지도 않게 해칠 수 있었던 것이죠. 내가 타고 있던 차 안에서만 26명이 숨졌어요. 37살이던 나는 무릎 아래로 두 다리를 잃었고요."

질은 2005년 7월 7일에 일어난 런던 폭탄 테러의 피해자다. 테러리스트들이 버스나 지하철에서 자폭한 사건이었는데 50여명이 사망하고 700명가량이 부상을 당했다.

질의 곁에 서 있던 테러리스트는 자메이카 출신의 19살 남자였다. 운동복 상의와 청바지를 입고 야구 모자를 쓴 지극히 평범한 외모였던 그는 집에서 만든 폭탄을 메고 지하철에 올랐다.

그 테러리스트는 흑마술사 같았다. 버튼을 누르자 말끔하던 지하철 객실이 지옥으로 변해버렸다. 객실은 완전히 파괴됐다. 칠흑처럼 깜깜해졌고 연기가 피어올랐으며 여기저기 죽은 사람과 다친 사람들이 쓰러져 있었다.

돌연 사고에 휩쓸린 사람은 머릿속이 하얘진다. 오스트리아의 황후 엘리자베스를 예로 들면, 1898년 무정부주의자의 피습을 받은 후 "내게 무슨 일이 일어났죠?"라고 말했다. 황후의 유언이 됐다. 1997년 교통사고로 숨진 영국 왕세자빈 다이애나도 구조대원에게 물었다. "오, 무슨 일이 일어났나요?"이 또한 왕세자빈의 마지막 말이다.

큰 사고를 당하면 무슨 일이 일어났고 내가 어떤 상태인지도 종잡을 수 없다. 흔한 표현으로는 망치로 머리를 맞은 듯한 느낌이다. 다른 차원의 세상에라도 떨어진 것 같을 것이다.

질과 지하철 승객들도 초현실적인 혼돈 속에 빠져들었다. 여기가 어디고 무슨 일이 터졌는지 알 수가 없었다. 무엇을 어떻게 해야 할지도 종잡을 수 없었다. 그리고 곧 공포가 찾아왔다. 죽을 수도 있을 것 같았다.

큰 재난이 닥치면 사람 사이에서 이상한 일이 벌어진다. 평소에는 하지 않던 말과 행동을 한다. 서로 까칠했던 도시의 개인들이 깜깜한 지하철에서 대화를 시작했다. 평생 처음 보는 사람에게 자신의 이름을 알려주며 말을 건넸다.

"나는 질이에요. 살아 있어요. 당신은?"
"나는 리처드예요."
"나는 엘리슨입니다. 여기 있어요."

서로 모르는 사람들이 이야기를 나누며 도우려고 했다. 그렇게 지옥문이 열리면 마음의 문도 열리면서 사람들은 서로 돕게 된다. 위기에 빠진 인간은 본능적으로 선한 공동체를 만드는 것이다.

머릿속에서도 이상한 일이 일어난다. 두 목소리가 다툼을 벌인다. '이제 삶을 포기하자'는 소리와 '꼭 살아나야 한다'는 소리가 머릿속에서 싸웠다.

"처음에는 '너의 다친 다리를 봐. 이렇게는 살 수 없어. 나와 함께 떠나자'라는 말이 들렸어요. 살면서 그렇게 아름다운 목소리는 처음이었어요. 내려다보니 두 다리가 없었어요. 통증도 느끼지 못했어요. 완전히 무감각했죠. 세상을 떠나는 게 얼마나 아름다울까 생각하게 되더군요. 그런데 다른 목소리가 들려왔어요. '어떻게 그런 생각을 할 수 있지? 아직 할 일이 아직 많아. 살고 죽는 것은 스스로 선택할 문제야'라는 말을 들었고 살아남기로 마음을 정했어요."

생명이 위태로운 지경이 되면 갈등하게 된다. 포기하고 싶은 마음과 이겨내려는 마음이 경쟁하는 것이다. 아마 북극이나 숲속에 고립돼 서서히 생명을 잃는 사람도 갈등하게 될 것이다. "그냥 죽을 것인가 아니면 살기 위해 투쟁할 것인가?" 셰익스피어의 햄릿도 비슷했다. "사느냐 죽느냐, 그것이 문제다."

생각해보면 누구나 갈등을 경험한다. 취직 시험에 떨어진 청년, 사업에 실패한 중년 남자, 연인이나 친구에게서 배신당한 남녀 등 모두가 생사의 갈등을 겪는다. '죽자'와 '살자'는 소리가 머릿속에서 경쟁하면 어느 것을 선택해야 할까.

폭파된 지하철에서 질은 잠시 죽음에 유혹을 느꼈지만, 마음을 바꿨다. 어떻게든 살아남기로 했다. 그녀는 살기 위해 그야말로 투쟁했고 한 강연에서 이렇게 회고했다.

"나는 런던에서 멋진 일을 하는 젊은 호주 여성이었어요. 삶을 끝낼 때가 아직 아니었어요. 그래서 살기로 굳게 결심했죠. 스카프를 지혈대로 써서 양쪽 다리의 윗부분을 동여매고 머릿속에서 모든 것을 몰아냈습니다. 집중해서 나 자신에게 귀 기울이고 본능만 따르기 위해서였어요. 호흡을 천천히 했고 똑바로 앉아서 눈을 감고 싶은 마음과 싸웠습니다."

질은 자신이 그렇게 용감한 사람이라는 걸 몰랐을 것이다. 그녀 안에 숨어 있던 강한 자아가 깨어나 생사의 경계에서 용감해지고 단호해졌다.

살기 위해 투쟁한 덕분일까. 질은 구조됐다. 사건이 발생하고 한 시간 정도 지났을 무렵 구조대원들이 도착했다. 상처를 입고 쓰러진 질에게 구조대원들이 이름을 물으며 대화를 시도했다. 또 얼굴을 가볍게 두드려서 정신을 놓지 않게 도왔다. 그 따뜻하고 고마웠던 순간에 질은 '진정으로 사랑받는 느낌'이 들었다.

다행히 살아서 구조는 됐지만 부상이 심각했다. 가족이 알아보지 못할 정도로 몸이 부어 있었고 열흘간 혼수상태였다. 의료진들은 질이 회생할 거라고 기대하지 못했다. 그러나 질은 병상에서도 죽음을 이겨내고 회복됐다. 그리고 몸뿐 아니라 마음도 단단해졌다. 사고 후 10년이 지난 2015년, 질은 한 인터뷰에서 이렇게 말했다.

"병원에서 나는 다른 희생자들을 보면서 생각했어요. '왜 나야? 내가 왜 가장 심한 부상을 입었지? 나는 왜 무릎 아래 두 다리를 잃은 거지?' 사고 후 일 년 동안 '왜 하필 나인가?'는 내게 중요한 문제였어요. 그런데 10년이 지난 후에는 내가 그 지하철 차량에 타고 다리 부상을 입도록 운명 지어졌다고 믿게 됐어요. 나는 강해요. 또 아름답고 든든한 가족이 있어요. 사고 이후 지금까지 긍정적이었어요. 왜 하필 나에게 사고가 났을까요? 그건 내가 견뎌낼 수 있어서 선택된 것 같아요."

10년이 지났어도 질은 다리 끝부분이 아프다고 했다. 하지만 그녀의 정신은 상처를 씻고 더욱 현명해지고 깊어졌다. 자신을 할퀸 운명을 이해하고 받아들일 만큼 마음이 넓어졌다. 질이 가르쳐 주는 한 가지 사실이 중요하다. 자기 긍정이 우리를 살린다. 내가 아름답고 눈부신 사람이라고 생각해야 고꾸라지지 않는다. 질 힉스 그녀가 그랬다.

폭발해서 찌그러진 지하철 안에 쓰러져 있던 질은 차라리 죽고 싶었다. 고통을 겪기보다 잠드는 게 낫다고 생각했다. 그 위기의 순간 그녀의 정신을 깨운 것은 자부심이다. 자신이 '런던에서 멋진 일을 하는 젊은 여성'이라고 생각하니 정신이 번쩍 들었다. 벌써 죽기에는 자신이 아깝다는 걸 알게 된 그녀는 삶을 도저히 포기할 수 없었다.

질처럼 내가 멋진 사람이라고 생각하면 마음이 튼튼해진다. 내가 아름답다고 믿으면 쓰러졌다가도 얼마든지 일어날 수 있다. 반대로 자기 긍정이 없으면 하루에도 열두 번씩 쓰러진다. 작고 우스운 일에도 쉽게 고통받는다.

상처를 극복하고 다시 일어서고 싶다면 이렇게 외쳐보자. "나는 멋진 일을 하는 여자다. 슬퍼하며 시간 보내기 아까운 청춘이다."남자 버전도 얼마든지 가능하다. "나는 꿈꾸는 청년이다. 10년 후 꿈을 이룰 것이다. 아직 쓰러질 때가 아니다."중년의 구호도 있다. "나는 사랑스러운 딸의 아버지다. 내가 벌써 좌절하는 건 말도 안 된다."

지하철 테러 같은 끔찍한 일을 당하지 않은 사람에게도 자부심 또는 자기 긍정이 필수다. 자부심이 우리를 살린다. 반대로 자부심을 잃으면 매일 피 흘리듯 고통스럽다. 내가 멋진 사람이라고 자기 긍정해야 하는 건 이 험한 세상을 사는 이들의 의무다.

불붙은 옷을 벗어던지고
울부짖던 소녀

〜

질 힉스처럼 폭탄 때문에 고통받은 여성이 또 있다. 베트남 출신 여성인 판 티 킴 푹Phan Thi Kim Phuc이다. '네이팜 소녀'라고 불리는 그녀는 사진 한 장으로 1972년 세계의 주목을 받았다. 네이팜탄이 떨어져 옷에 불이 붙자 킴 푹은 옷을 벗어 던지고는 울면서 도로로 달려 나왔다. 마침 현장에 있던 기자가 그 모습을 촬영했고 사진은 전쟁의 비극을 선명하게 보여주는 걸작으로 평가받았다.

당시 9살이던 킴 푹은 남베트남 짬방 마을의 한 사원에 가족들과 숨어 있었는데, 네이팜탄이 하늘에서 떨어졌다. 폭탄 투하 지점을 완전히 불태우는 네이팜탄에 맞은 사촌 두 명이 사망했고 킴 푹은 화상을 입었다. 킴 푹은 불이 붙은 옷을 벗어 던지고 "뜨거워. 너무 뜨거워!"라고 외치며 달리다가 기절했다. 눈 뜨니 병원이었는데 온몸이 아팠다. 온몸의 3분의 1에 화상을 입은 채 병원에 누워서 통증을 견디며 킴 푹은 이런 생각을 했다.

"왜 나야? 왜 내가 이렇게 아파야 하지? 살아야 하는 걸까? 너무 깜깜하다. 희망이 없다. 기쁨도 없어."

하지만 킴 푹의 몸은 치유되고 마음도 성장했다. 아픈 사람들도 많이 도왔다. 특히 화상 피해자에게 각별했다. 킴 푹은 온몸에 화상을 입고 자포자기한 한 여성을 만난 적이 있다. 실의가 깊어서 빨리 죽고 싶어 하는 그녀에게 킴 푹이 자신의 어린 시절 사진을 보여주면서 말했다.

"나도 당신처럼 화상을 입었었죠. 9살 때였어요. 나도 죽고 싶었어요. 더는 살고 싶지 않았어요. 그런데 지금은 내가 여기 있잖아요. 다 받아들이세요. 당신을 위해 기도하겠어요."

킴 푹을 만난 뒤 그 화상 환자는 복도를 걸어 다니고 음식을 먹기 시작했다. 그녀도 살아서 아픔을 극복하기로 마음먹은 것이다.

네이팜탄을 맞은 킴 푹도 용기가 넘친다. 지하철 테러를 당했던 질 힉스도 용감했다. 트라우마를 겪고도 내면의 성장을 이뤄낸 그들은 '외상 후 성장'의 빛나는 상징들이다.

과연 나는 그럴 수 있을까 묻게 된다. 대부분 폭탄까지는 아니어도 폭력은 당하고 산다. 물리적 폭력과 정신적 폭력을 아무렇지도 않게 가하는 사람이 세상에 너무 많다. 가령 술을 마시고 때리는 아버지가 있다. 말 듣지 않으면 너를 버리겠다고 공갈 협박하는 어머니도 흔하다. 친구를 모욕하는 힘센 아이들도 적지 않다. 그리고 연인의 배신과 개인적 실패와 좌절도 우리에게는 트라우마가 된다. 남이 보기에는 사소해도 본인에게는 심각한 트라우마들이다.

어떻게 극복할 수 있을까. 길은 많겠지만, 더 큰 트라우마를 극복한 사람을 떠올려도 힘이 된다. 불붙은 옷을 벗어 던지며 달렸던 9살 소녀가 있다. 폭탄 테러로 두 다리를 잃고 컴컴한 지하철에 누워 있던 한 시민도 있다. 죽음에 가까이 갔던 그들을 떠올리면서 각자의 고난을 견딜 수 있기를 바란다.

'쿨하게'
죽음을 맞고 싶다면

◉ 잊어 달라며 세상을 떠난 36살
  바네사

죽음은 마음을 뒤흔든다. 인생에서 가장 감상적인 사건이 바로 죽음이다. 평생 곁에 있던 부모가 갑자기 세상을 뜨거나 가장 가까운 친구가 병에 걸려 죽는 걸 상상만 해도 슬퍼서 눈물이 날 것 같다. 내가 죽어야 한다면 더욱 애통하고 두렵다. 가슴을 치며 펑펑 울어도 전혀 이상하지 않다.

그런데 '쿨하게' 죽음을 맞는 사람도 소수지만 분명히 있다. 그들은 감정을 다독여 진정시킨 후 죽음과 이성적으로 마주한다. 철학자 소크라테스Socrates가 그랬다. 소크라테스가 사형을 피하지 않고 죽음을 맞기로 하자 벗들이 슬퍼하며 만류했다. 《변명》에 나오는 소크라테스의 초인적인 반응은 이렇다.

"친구들이여, 죽음을 두려워하는 것은 자기가 현명하지도 않으면서 현명하다고 생각하는 것과 같습니다. 알지 못하는 것을 안다고 생각하는 것과 같아요. 죽음은 인간에게서 일어날 수 있는 가장 좋은 일일지도 모르기 때문입니다."

죽음이 좋은 일이라는 말이 아니다. 당장 죽어버리자는 선동은 더더욱 아니다. 우리는 죽음이 좋은지 나쁜지 전혀 알지 못한다는 데 소크라테스의 강조가 있다. 알지도 못하면서 죽음을 두려워하거나 찬양하는 것은 모두 어리석다는 뜻이다. 소크라테스는 감정의 동요 없이 죽음을 받아들였다.

그런데 소크라테스는 정말 조금도 두렵지 않았을까. 아니면 무서우면서도 제자들 앞이니까 꾹 눌러 참고 의연했던 것일까. 사람 속마음을 알 수는 없지만 일화에서 얻을 수 있는 메시지는 아무튼 좋다. 죽어야 한다면 두려움 없이 죽음을 맞는 게 낫다. 울고 불며 소리쳐봐야 죽음에서 도망칠 수 없으니 의연하고 담담해야 한다. 그렇게 죽음 앞에서 용감했던 사람들이 우리 현실에도 있다.

호주 시드니의 바네사 주레식Vanessa Juresic은 씩씩하게 죽음을 맞았다. 바네사는 정치인 보좌관으로 일하며 열정적으로 경력을 쌓아가던 커리어우먼이다. 그녀의 꿈은 좋은 정책을 만들어 사회 발전에 이바지하는 것이었다. 그런데 이 진취적인 여성이 15개월 동안 유방암 치료를 받으며 싸웠지만, 2018년 36살로 삶을 끝맺게 됐다.

바네사는 죽음이 가까워지자 삶을 정리하는 여러 준비를 했다. 그중 하나가 자신의 장례식에서 읽을 편지를 쓰는 일이었다. 그녀의 편지는 남달랐다. 눈물 나는 감상적 구절도 있었지만, 성공적인 사회생활을 위한 조언도 많이 포함된 것이 특별하다. SNS에 공개된 그녀의 마지막 편지는 인생이 아름답다고 말하는 것으로 시작된다.

"인생은 깨지기 쉬워서 아주 아름다워요. 내가 이렇게 빨리 세상을 떠날 줄 최악의 악몽에서도 상상하지 못했어요."

이 책의 다른 곳에서 소개한 호주 여성 홀리 부처도 '인생이 깨지기 쉽다'고 표현했었다. 많은 사람이 삶의 끝에서 깨닫는 사실이다. 인생은 쉽게 바스러진다. 깨지는 것이 아름답다. 꽃잎처럼 금방 시들고 유리잔처럼 별안간 깨지기 때문에 삶은 아깝고 아름답다.

30대 중반에 삶을 마감해야 했던 바네사는 사랑하는 사람들에게 사회생활 성공 비법에 대한 조언을 몇 가지 했다. 아주 뛰어난 의견이다.

"세 가지 규칙이 있어요. 원하는 것은 적극적으로 추구하지 않으면 절대 가질 수 없어요. 또 분명히 요구하지 않으면 항상 'No'라는 답만 돌아와요. 그리고 앞으로 나아가지 않으면 계속 같은 장소에 있게 돼요. 더 중요한 황금률이 있어요. 따뜻한 사람이 되세요. 다른 사람 때문에 잔인해지지 마세요. 이 세상에 아주 쓴 맛을 보여주고 싶을 때가 있겠지만, 자신을 잃으면서까지 그럴 가치는 없어요. 그리고 안주하지 마세요. 일과 연애 등 무엇에서도 편하게 머물지 마세요. 당신이 원하는 것을 얻기 위해서 분투해야 돼요."

바네사는 생각이 깊은 사람이었다. 사회에서 여성으로서 어려움을 많이 겪었고 홀로 성찰도 깊이 했던 게 분명하다. 하나같이 빛나는 조언이다.

'목표를 적극적으로 추구하고 요구를 또박또박 밝혀야 한다. 더 중요한 것이 있다. 다른 사람을 온화하게 대해야 한다. 괘씸

한 마음이 들어도 친절해야 한다. 그게 어렵다면 적어도 가혹해서는 안 된다. 이것은 황금처럼 중요한 규칙이다'라는 바네사의 생각은 분명히 타당하다. 사회에서 만난 나쁜 사람들 때문에 내가 무례하게 말하고 행동하면 내가 타락하는 게 된다. 나쁜 놈 때문에 내가 나쁜 놈이 되지 말아야 한다.

바네사가 강조하는 또 다른 조언은 '안주하지 말라'는 것이다. '직장 일을 대충 하면서 지내서는 곤란하다. 애인 때문에 상처를 받으면 침묵해서도 안 된다. 더 좋은 삶이 되기 위해서는 항상 분투해야 한다'고 조언한다.

이즈음에서 느낌이 묘해진다. 장례식장에서 읽힌 유서가 분명한데 마치 자기계발서를 읽는 느낌이다. 보통 유서는 애통함 같은 감상이 가득하지만, 바네사는 이성적이다. '여러분 안녕히'같은 이별 인사 대신 '여러분 이렇게 살아야 해요'라고 실용적 제안을 남겼다. 또한 그녀가 가족에게 남긴 인사는 놀라울 정도다.

"가족에게 말씀드려요. 가족이 나를 만들었어요. 내가 받은 사랑은 최고였고 나도 가족 모두를 사랑했어요. 여러분도 서로를 사랑하세요. 번거롭더라도 저녁 식사 자리를 마련하세요. 내가 살아 있다면 그렇게 하자고 고집할 거예요. 나는 아름다운 할머니 할아버지와 함께 파스티찌Pastizzi, 몰타의 전통 빵와 라비올리Ravioli, 만두와 유사한 모양으로 치즈, 채소, 생선, 고기 등의 속재료를 넣어 만든 이탈리아 파스타와 사르마Sarma, 다진 돼지고기 양배추 쌈를 맛있게 먹고 있을 거예요. 가족은 나를 위해 모든 것을 해줬어요. 이제는 자신과 자기 삶에 집중하셔도 돼요."

가족에게 큰 사랑을 받았고 가족을 사랑한다고 말하고 있다. 내가 놀란 이유는 자신을 잊으라고 했기 때문이다. 사람들은 보통 그 반대를 말한다. 자신을 절대 잊지 말고 자기 생각도 많이 해달라고 부탁한다. 또는 죽더라도 곁에서 지켜보며 영원히 함께 있겠다고 실현 불가능한 약속을 하는 것도 유언의 흔한 패턴이다.

그런데 바네사는 다르다. 지극히 이성적이고 합리적이다. 이제 자신을 잊고 각자의 삶에 다시 충실하라고 당부한다. 자신은 할머니 할아버지와 맛있는 걸 먹으면서 행복하게 지낼 테니, 깨끗이 잊어버리라는 것이다. 바네사는 기억이 아니라 망각을 원했다. 말하자면 그녀는 두 번째 죽음을 맞아도 괜찮다는 뜻을 밝힌 것이다.

"사람은 두 번 죽는다. 숨이 멈추면 첫 번째 죽음이다. 이름이 더 이상 불리지 않으면 두 번째 죽음이다."

– 영국 그라피티 아티스트, 뱅크시Banksy

일반적으로 사람들은 자신의 이름과 모습이 기억되기를 원한다. 잊히는 건 아주 두려운 일이다. 남겨진 사람들의 기억에서 지워지는 게 두 번째 죽음이라는 말이 있을 정도다. 바네사는 '나를 잊고 여러분의 행복을 추구하라'고 당부하며 두 번째 죽음마저도 받아들였다. 굉장히 합리적이고 단호하다. 질척거리지 않고 '쿨하게' 죽음을 맞았다.

바네사처럼 단호한 유언을 남긴 다른 여성들이 있다. 제인 오스틴Jane Austen과 프리다 칼로Frida Kahlo, 마리 퀴리Marie Curie, 가브리엘 샤넬Gabrielle Chanel 등이 비슷한 태도로 삶의 끝에 섰다.

단호한 유언을 남긴 여성들
제인 오스틴, 프리다 칼로, 마리 퀴리, 가브리엘 샤넬

《오만과 편견》을 남긴 영국 작가 제인 오스틴Jane Austen은 1817년 42살의 나이로 사망했다. 세상을 뜰 때까지 그녀는

1년 동안 앓았는데 언니 카산드라를 비롯한 가족들이 보살폈다. 제인은 이런 글을 남겼다.

"이번에 내가 언니에게 빚진 것이나 사랑하는 가족들의 애타는 마음을 생각하면, 오직 눈물을 흘리며 그들을 더 많이 축복해달라고 신에게 기도할 수밖에 없다."

그런데 제인이 마지막으로 한 말은 따로 있다. 언니 카산드라가 뭐 필요한 게 없냐고 묻자 제인은 유명한 유언을 말한다.

"나는 죽음 말고는 아무것도 원하지 않아요."

무슨 뜻일까. 이제는 지쳐서 죽고 싶다는 뜻일 수 있다. 이 경우 포기의 심정이 담긴 유언이다. 하지만 반대 해석도 가능하다. 죽어야 한다면 그 운명을 기꺼이 받아들이겠다는 뜻으로 읽을 수 있다. 죽음을 향해 스스로 걸어가겠다는 굳은 의지도 보인다. 제인은 그렇게 유언을 말한 후 곧 숨을 거뒀다.

멕시코 화가 프리다 칼로Frida Kahlo의 유언도 비슷하다. 프리다는 악전고투와 같은 삶을 살았다. 교통사고로 인한 심각한 장애, 여성에 대한 편견과 차별, 바람둥이 남편에 대한 애증은 그녀가 견뎌야 했던 고통 중 일부에 불과하다. 프리다는 죽음이 가까워진 시기에 이렇게 썼다.

"나는 기쁘게 탈출을 기다린다. 절대 돌아오지 않기를 바란다."

프리다는 인생에서 탈출하기를 간절히 원했다. 다시는 이 지긋지긋한 곳으로 돌아오고 싶지 않다고 했다. 물론 그녀는 인생을 뜨겁게 사랑한 사람이었다. 하지만 지친 그녀에게 죽음은 해방이나 휴식과 같은 것이었다.

"나는 원하지 않아요."

프랑스의 물리학자인 마리 퀴리Marie Curie가 마지막으로 한 말이다. 의사가 진통 주사를 원하느냐고 묻자 마리는 원하지 않는다고 말한 후에 세상을 떠났다. 홀로 통증을 감당해내며 조용히 잠들었다.

"알겠지? 사람은 이렇게 죽는 거야."

디자이너 가브리엘 샤넬이 죽기 전에 한 말이다. 자기 죽음을 구경이라도 하듯이 객관화했다. 주관적 감정인 애통함과 무서움은 배제된 유언이다. 가브리엘은 삶의 끝에서 마음이 흔들리지 않았던 것 같다.

삶의 끝에 선 보편적인 사람들은 감상적이게 된다. 그러나 이성적인 태도로 흔쾌히 죽음을 맞는 사람도 있다. 나를 잊고 자기 삶에 집중하라고 가족에게 당부했던 호주 여성 바네사가 그런 타입이다. 제인과 프리다도 닮았다. 그들도 삶이 끝나는 게 무척 슬펐겠지만 마음을 추스르고 죽음을 선뜻 받아들였다. 나도 그렇게 죽음을 맞고 싶다. 소크라테스처럼은 아니더라도 바네사나 프리다처럼 떠나면 좋겠다.

자연의 질서로 여기며 죽음을 껴안으려면 필요한 게 뭘까. 용기와 지혜가 답일 테지만 그 밖에도 더 있다. 사는 동안 생명 에너지를 밑바닥까지 남김없이 소진해야 달콤한 숙면에 빠지듯이 잠들게 될 것이다. 제인과 프리다 그리고 마리와 가브리엘도 그랬을 것이다. 삶을 깊이 사는 사람은 죽음에 대한 두려움이 없다.

지난 삶이 후회된다면
더 큰 용기를 내보자

불행한 죽음을 맞은
마이클 잭슨

우리는 모두 티없는 아기였다. 피부가 맑았고 마음이
깨끗했다. 어리고 예쁜 생명도 모두 성장과 노화를 거쳐 죽음에
이르게 된다. 우리는 어떤 죽음을 맞게 될까. 죽을 때 우리는 어
떤 사람일까.

자신이 어떤 사람으로 죽을지는 아무도 모른다. 죽음은 예측
할 수 없고 통제할 수도 없다. 아주 불행한 경우에는 자신이 혐
오하는 모습으로 삶을 마감하게 된다.

예를 들어서 미국의 가수 마이클 잭슨Michael Jackson이 그랬다.

내가 판단하기에 유명인 중에서 가장 슬픈 유언을 남긴 사람이 아닐까 싶다.

"제발 우유를 주세요."

세상에 알려진 마이클의 마지막 말이다. 주치의 콘래드 머리 Conrad Murray는 마이클이 '우유', 즉 마취제인 프로포폴을 주사해 달라며 애원했다고 법정에서 진술했다.

곧이곧대로 믿을 수는 없다. 콘래드는 프로포폴을 과다 주사해 마이클을 숨지게 한 혐의로 재판에 넘겨졌고 유죄 평결을 받은 인물이다.

어쩌면 마이클의 유언을 자기에게 유리하도록 꾸며냈을지도 모른다. 하지만 조작을 증명할 길이 없다. 또 이미 언론에 크게 보도돼서 마이클의 유언으로 굳어져 버렸다. 무엇보다 결정적인 점은 마이클이 마취제 중독이었다는 사실이다.

아마 '제발 우유를 주세요'는 마이클에게 꼬리표처럼 붙어 다닐 것이다. 순수했던 인간의 비극적 추락을 상징하기에 무척 슬프다. 아름다운 목소리로 노래하던 젊은 마이클은 자신의 그런 마지막을 상상도 못 했을 것이다. 피터 팬처럼 순수하게 살고 싶었던 마이클은 불행한 어른으로 죽음을 맞았다.

하늘에서 떨어진 거북에 맞아 숨진
아이스킬로스

마이클 잭슨은 상상도 못 한 최후를 맞게 됐다. 그런데 그보다 더한 사람도 있다. 인류 역사상 가장 이상한 죽음을 맞은 사람을 꼽으라면 단연 아이스킬로스Aeschylos다.

고대 그리스의 작가인 아이스킬로스는 야외에 앉아 있다가 하늘에서 돌로 보이는 물체가 머리에 떨어지는 바람에 허망하게 삶을 마감했다. 역사가 발레리우스 막시무스Valerius Maximus에 따르면, 돌처럼 딱딱하고 둥근 낙하 물체는 거북이었다.

어떻게 하늘에서 거북이 떨어질 수 있었을까. 거북을 낚아챘다가 투하한 사고 유발자는 독수리였다. 독수리는 잡은 거북을 바위에 깨뜨려서 먹는 습성이 있다. 마침 우두커니 앉아 있던 아이스킬로스의 대머리를 돌로 착각하고는 거북을 투하해버린 것이다. 독수리의 조준은 정확했고 아이스킬로스는 뜻밖의 사고로 숨을 거뒀다. 역사를 통틀어서도 가장 이상한 사고사로 꼽힌다.

이 사건이 보여주는 평범한 진리는 죽음은 예측하기 어렵다는 것이다. 아이스킬로스도 자신이 거북에게 맞아 삶을 마감하게 되리라고 상상했을 리 없다. 아마 독수리나 거북도 마찬가지

였을 것이다.

독수리는 애써 잡은 소중한 먹잇감이 살상 도구가 되리라고 예측하지 못했을 것이다. 또 납치당한 뒤 허공에서 떨어져서 사람의 생명을 빼앗은 것은 거북의 의도나 상상 밖에서 일어난 일이다.

우리는 어떤 모습으로 삶을 마감할지 알 수 없다. 아무도 계획하지 않았고 누구도 예상치 못했는데 불쑥 찾아오는 것이 바로 죽음이다.

총살 직전의
도스토옙스키

러시아의 문학가 도스토옙스키Dostoevskii에게도 죽음은 상상을 초월하는 일이었다. 그런데 마이클 잭슨이나 아이스킬로스와는 반대다. 뜻밖의 행운을 누린 것이다. 죽을 게 분명하다고 생각한 순간에 달려오던 죽음의 운명이 갑자기 사라져버렸다.

도스토옙스키는 1849년 12월 공개 사형장으로 끌려갔다. 같은 처지의 죄수 여러 명과 늘어선 곳은 러시아 상트페테르부르크의 한 광장이었다.

군중이 모여 구경하는 가운데 사형 선고문이 읽혔다. 머리 위에서 칼을 부러뜨리고 죄수들이 십자가에 입을 맞추는 의식이 치러졌다.

죄수들은 한 줄로 세워졌다. 도스토옙스키는 6번째였는데 먼저 앞의 3명이 기둥에 묶였다. 방아쇠가 당겨지면 사형 집행이 시작되는 것이다.

사형장에 선 모든 죄수는 삶이 끝났다고 확신할 수밖에 없었다. 이제 정말로 영영 죽게 되는 것이다. 두 번 다시 숨을 쉬거나 맛있는 걸 먹을 수 없다. 사형수들의 얼굴은 흙빛으로 변했다. 구경꾼들은 알 수 없는 흥분에 휩싸였다.

그런데 사형 직전, 아무도 예상하지 못한 일이 벌어졌다. 황제가 사형수들을 용서한다고 갑작스레 공표했다. 뜬금없는 일이었다. 도스토옙스키는 자신이 죽는다는 걸 믿어 의심치 않았던 순간에 돌연히 새 생명을 얻었다. 확률적으로 극히 드문 기이한 일이다.

사형 중단은 황제의 관대함을 선전하기 위한 사전에 계획된 정치적 쇼였다. 그런데 속셈이 무엇이건 사형수들에게는 하등 중요하지 않다. 어찌 됐건 살았다는 것만이 중요했다. 사형수들은 사는 동안 또다시 경험하지 못할 안도감과 희열을 느꼈을 것이다.

젊은 도스토옙스키는 황제와 봉건제에 반대하는 단체에 가담했다가 체포돼 사형 선고를 받았고 죽기 직전에 겨우 되살아났다.

그날 형 미하일에게 쓴 편지에서 도스토옙스키의 기쁨을 엿볼 수 있다.

"형, 내 소중한 친구. 모든 것이 해결됐어요. 나는 수용소에서 4년 중노동 형을 선고받았어요. 오늘 45분 동안 죽음의 손아귀에 잡혀 있었어요. 마지막 순간까지 갔다가 다시 살아난 것입니다!"

사형을 당했을까 봐 걱정할 형을 안심시키기 위해서 쓴 편지다. 도스토옙스키는 시베리아 수용소에서 4년 동안 중노동 하게 됐다. 노역하다가는 몸이 상하거나 심하면 죽을 수도 있는데도 기뻐하는 게 글에서 보인다. 당연히 당장 총살당하는 것보다는 생존할 확률이 높은 중노동이 훨씬 좋았을 것이다.

강추위 속의 살인적 노역을 기쁘게 받아들인 러시아 청년 도스토옙스키는 우리에게 '세상의 모든 불행은 죽음보다는 낫다'는 교훈을 준다.

달리 표현하면 삶의 끝에서 모든 불행은 도토리가 된다. 아무리 큰 불행도 죽음에 비하면 작고 사소하다. 좌절, 공포, 비탄, 막막함 등은 그래도 살아 있으니까 느끼는 감정이다. 죽는 것보다는 어떤 감정이든 느끼는 게 훨씬 기쁘다. 잡다한 불행과 죽음을 견주는 습관이 우리의 삶을 밝게 한다.

뜻밖의 행운으로 죽음의 손아귀에서 빠져나온 도스토옙스키의 가슴에는 희열뿐 아니라 깨달음도 가득했다. 그는 무엇보다 희망과 용기가 얼마나 중요한지 알게 됐다.

"형. 나는 실망하지 않았고 용기가 꺾이지 않았어요. 인간으로 존재하려면 환경이 어떻든 희망과 용기를 잃지 말아야 해요. 그게 생명 자체이고 생명의 의무입니다."

맞는 말이다. 생명이 한 방울이라도 남아 있는 한 용기를 지켜내는 게 사람의 의무다. 희망은 죽은 후에나 버려야 한다.

죽음에서 벗어나 기뻐했던 도스토옙스키가 사형장에서 돌아와 괴로워했던 것도 있다.

"얼마나 자주 인생을 헛되이 허비했는지, 환상과 실수와 게으름 그리고 삶에 대한 무지 때문에 얼마나 많은 시간을 잃었는지, 시간의 가치를 어찌나 몰랐는지, 내 마음과 정신에 반해 얼마큼 많은 죄를 저질렀는지 생각하면 내 심장이 피를 흘리는 듯합니다. 인생은 선물이고 행복입니다."

도스토옙스키처럼 삶의 끝에 선 많은 사람은 바보처럼 인생을 허비했던 걸 아프게 후회한다. 행복하게 죽으려면 인생의 시간을 탕진하지 말아야 한다. 도스토옙스키는 형에게 마지막으로 당부했다.

"내가 말한 것들을 기억해야만 해요. 인생의 계획을 세우세요. 인생을 낭비하지 마세요. 그리고 당신의 운명을 준비하세요."

이런 게 '절규'가 아닐까. 도스토옙스키는 형에게 간절히 외치고 있다. 계획을 세우고 인생을 아껴 써서 운명의 주인이 되라고 말이다.

반대로 해석하면 계획 없이 인생을 허비하면 운명에 끌려다니게 된다는 경고다. 죽음 가까이에서 환생한 청년 도스토옙스키의 진심이 담긴 조언이다.

도박 중독에 빠진
도스토옙스키

생각과 실행은 다르다. 인생은 마음대로 되지 않는 다. 죄짓지 않고 게으름 피우지 않으면서 인생의 시간을 값지게 쓰기란 쉬운 일이 아니다. 세계적인 문학가가 된 도스토옙스키 도 가족 앞에서 평화롭게 영면했지만 부끄러운 삶의 이면도 있 었다.

도스토옙스키는 도박 중독에 오랫동안 시달렸고 빚도 많았 다. 1867년에는 채권자들의 고소 때문에 아내 안나Anna와 도망 치듯 유럽으로 가서 4년 넘게 떠돌았다. 도스토옙스키는 유럽 에 있으면서도 지인들에게 돈을 구걸하듯 빌렸고 돈 되는 것이 라면 아내의 옷까지 깡그리 팔아가면서 도박을 했다.

도박 중독자들이 보통 그렇듯이 도스토옙스키 자신도 괴로 웠을 것이다. 아내 안나의 회고에 따르면 그가 무릎을 꿇고 자신 을 용서해달라면서 흐느낀 적도 있다. 총살을 면하고는 삶의 진 리를 깨달았다고 기뻐했던 젊은 도스토옙스키는 자신이 그런 부끄러운 사람이 되리라 상상도 못 했을 것이다.

깨끗한 아기로 태어났지만, 우리의 삶에는 때가 묻는다. 후회 없는 인생이란 없다. 죽을 고비를 넘기면서 깨달았더라도 인생

164 삶의 끝에서 비로소 깨닫게 되는 것들

이 마음처럼 완벽해지는 것은 아니다.

그러면 어떻게 해야 할까. 좋은 삶을 포기해야 하나. 좋은 사람으로 죽는 꿈을 접어야 할까.

도스토옙스키는 죽기 전에 아이들을 모아놓고 아내에게 성경의 돌아온 탕아 이야기를 읽어주게 했다. 신앙과 관계없이 많이 알고 있는 유명한 이야기다.

"한 아들이 아버지에게 자기 몫의 유산을 요구하자 아버지는 재산을 기꺼이 나눠줬다. 아들은 곧 유산을 갖고 먼 나라로 가서 흥청망청 써버렸다. 아들이 모든 재산을 탕진했을 때 살고 있던 나라에 흉년이 덮친다. 아무도 굶주린 그를 돕지 않았고 돼지 먹이를 먹을 만큼 궁핍해졌다. 아들은 여기서 죽느니 아버지에게 가자고 마음먹었다. 아버지에게 가서 자신은 큰 죄를 지었기에 아들 자격이 없으니 하인으로라도 부려달라고 하소연하기로 했다. 아버지는 걸인의 차림으로 다가오는 아들을 멀리서 알아보고는 급히 달려가 와락 안았다. 가장 좋은 옷과 신발을 내줬고 제일 살찐 송아지를 잡아서 잔치를 열었다. 아버지는 왜 어리석고 죄 많은 아들을 환대했을까. 아들을 사랑했기 때문이다. 아들이 죽었다가 살아왔다고 생각했다. 사라졌다 나타난 아들을 아버지는 용서하고 끌어안았다."

후회가 전혀 없는 삶은 존재하지 않는다. 어리석지 않거나 죄가 없거나 게으르지 않은 사람도 세상에 없다. 하지만 다시 돌아가면 된다. 자신이 믿는 좋은 삶을 향해 다시 걸음을 떼는 것이다.

약물 중독이든 도박 중독이든 한 발이라도 빠져나가기만 하면 새 삶이 시작된다. 더 좋은 사람이 되고자 노력만 한다면 운명이 따뜻하게 맞아줄 것이다.

가장 어렵고도 간단한 사과
'미안해'

단두대의
마리 앙투아네트

프랑스 루이 16세의 아내 마리 앙투아네트Marie Antoinette는 모두의 미움을 받으며 죽었다. 그녀가 감옥에서 단두대로 이송되는 동안 파리 시민들은 수레로 몰려들어 침을 뱉고 욕설과 저주를 퍼부었다. 단두대에서 그녀의 머리와 몸이 분리됐을 때는 사람들의 환호가 울려 퍼졌다.

사치와 낭비로 프랑스 재정을 파탄 내고 반혁명을 기도했다는 것이 앙투아네트를 사형시킨 이유였다. 하지만 유명한 헛소문도 그녀에게 치명적이었다. 백성들이 굶주린다는 소리를 듣고 "빵이 없으면 케이크를 먹으라고 하세요"라고 말했다는 소문이 퍼지면서 백성들의 악감정이 폭발했다. 악감정은 저주로 번져서 앙투아네트는 죽어 마땅한 여자로 낙인 찍히고 말았다.

하지만 소문은 사실이 아니다. '빵이 없으면 케이크를 먹으라고 하세요'는 루이 14세의 아내 마리 테레즈가 했던 말이다. 스페인의 공주였던 테레즈의 결혼은 앙투아네트의 결혼보다 100년 넘게 앞선 일이다.

앙투아네트는 '빵이 없으면 케이크를 먹으라고 하세요'의 창작자가 아니었을 뿐 아니라 그 말을 빌려서 뱉었다는 증거도 없다. 근거 없는 헛소문이거나 조작된 모함이라고 봐야 맞을 것이다.

앙투아네트에 대한 뜬소문은 더 있다. 그녀가 음탕하고 욕심이 많고 남을 배려하지 않는 이기적 인간이라는 소문이 세상에 파다했다. 그런데 앙투아네트가 정말로 최악의 인성을 가졌던 것일까.

유언과 유서만 보면 앙투아네트는 오히려 기품 있는 사람이다. 남편이 먼저 사형을 당하고 아이들과 헤어져 감옥 독방에 갇혔다가 사형에 처한 앙투아네트의 고난은 인간의 정신이 버티기 힘든 극단적인 것이다. 세상을 향해 분노와 저주를 퍼부을 만도 하지만 그녀는 무너지지 않고 이성적 태도와 품위를 유지했다.

앙투아네트가 했던 최후의 말은 정중한 사과였다. "미안해요. 일부러 그러지 않았어요"라고 말한 뒤 죽음을 맞았다. 파리 시민들에게 했던 말이 아니다. 신에게 사과했던 것도 아니다. 사과 대상은 사형 집행인이었다. 사형대에 오르다가 사형 집행인의 발을 실수로 밟고 나서 미안하다고 사과했던 것이다.

사형 집행인은 곧 나를 죽게 할 사람이다. 생명을 모기 목숨처럼 여기는 냉혈한의 마음이 없고서는 그 특이한 직무를 수행할 수 없다. 감옥에서 쇠약해질 대로 쇠약해진 마리 앙투아네트가 발을 좀 밟았기로서니 사형 집행인이 크게 아프거나 불쾌하지 않았을 것이다.

또 예의 바른 사과를 받았다고 해서 사형 집행인이 직업 정신을 잃고 따뜻해져서 사형 집행을 몇 초라도 미루거나 할 가능성도 없었다. 아무 소용 없었지만 앙투아네트는 사과의 말을 건넸다. 대가가 없는 사과였다.

단두대에서 어떻게 그런 예의 바른말을 했을까. 정신이 혼란해서 때와 장소에 안 어울리는 말을 뱉고 말았던 걸까. 아니면 이미지를 꾸미기 위해 마음에도 없는 말을 했던 걸까. 확증할 수는 없지만, 추정은 가능하다. 그녀의 사과는 실수나 연기가 아니라 진심일 가능성이 크다.

앙투아네트가 마지막으로 쓴 편지에도 마음으로 사과하는 대목이 있다. 그녀는 사형 집행일 새벽 4시경에 마담 엘리자베트Madame Élisabeth에게 편지를 썼다. 엘리자베트는 루이 16세의 막냇동생으로 당시 앙투아네트의 아이들을 돌보고 있었다. 편지의 일부 내용은 이렇다.

"내가 살면서 저질렀을 모든 잘못에 대해 진심으로 신에게 용서를 빕니다. 내가 아는 모든 사람과 당신 마담 엘리자베트에게 용서를 구해요. 특히 내가 의도하지 않고 당신에게 줬을 모든 상처에 대해서 용서를 빌어요. 그리고 나는 적들이 내게 상처를 준 것도 용서합니다."

앙투아네트는 사형 집행인에게 작은 실수를 사과하기 8시간 전에 더 큰 사과를 했었다. 인생 전체의 잘못을 용서해달라고 신에게 빌었다. 또 자신에게 상처받은 모든 사람에게 사과하는 것은 물론이고 의도하지 않고 줬던 상처까지도 미안하다고 썼다.

나아가 적까지도 용서한다고 했다. '적'이라 불리는 사람들은 앙투아네트에게서 지위와 재산, 남편과 자녀 등 모든 것을

빼앗은 세력이다. 앙투아네트는 앞서 재판정에서 이런 말을
했다.

"나는 왕비였어요. 그런데 당신들은 나의 왕관을 앗아갔죠. 나
는 아내였어요. 그런데 당신들은 내 남편을 죽였어요. 나는 어
머니예요. 그런데 당신들은 내 아이를 빼앗아갔어요. 이제 남
은 것은 내 피뿐입니다. 그것도 가져가세요. 다만 나의 고통이
너무 길지 않게 해주세요."

혁명의 대의가 아무리 옳고 자기 가족이 최악의 잘못을 저질
렀더라도 남편과 자신을 죽이고 아이들의 삶도 파멸에 이르게
한 적대 세력을 용서한다는 건 쉬운 일이 아니다. 보통 사람이라
면 목이 터지라 비난하고 저주했겠지만, 앙투아네트는 차분히
용서한다고 밝혔다.
　유서나 유언은 마지막 기회다. 마지막인 줄 알면서 거짓을 말
할 사람은 거의 없다. 그녀가 했던 사과와 용서의 말은 진심일
가능성이 크다. 앙투아네트는 삶의 끝에서 사과하고 용서하고
모든 불행을 받아들였다.

루이 샤를

사과가 인생을 바꾼다. 용서를 빌면 꼬인 인간관계가 풀리고 원한이 씻기며 불행이 줄어든다. 가령 다툰 친구에게 사과하면 우정이 되살아나고 상처받은 아이의 손을 잡고 용서를 비는 순간 가정의 사랑이 되살아날 것이다.

또 연인에게 진정으로 사과할 줄 알면 사랑을 잘 키울 수 있다. 그런데 그 간단한 사과 한마디가 여간해서는 입 밖으로 나오지 않는다.

미안하다는 말이 가장 어렵다. 머리로는 안다. 사과가 사람을 살리고 관계를 구한다는 걸 모르는 사람은 없다. 그런데 내가 먼저 사과하기는 쉽지 않다. 죽어도 사과하기 싫을 때가 많다.

내가 옹졸해서 사과하기 싫은 걸까. 아니다. 사과는 원래 두려운 일이다. 우리는 사과하는 순간 취약해진다. 사과의 말을 내뱉는 순간 나 자신을 상대의 처분에 맡기는 셈이다. 상대가 공격하거나 무시해도 꼼짝없이 당할 수밖에 없는 처지가 된다. 나를 취약한 상태로 빠뜨리기 때문에 사과는 두렵다.

우리는 대부분 용기가 없어서 사과를 못 한다. 그 결과 자녀와의 관계가 병들거나 연인 관계가 파탄 나는 걸 오들오들 떨면서 방관만 하게 된다.

사과를 해내는 사람은 용기가 있다. 상처를 치유하고 관계를 구한다. 자기 존재를 지키면서 진심으로 사과하는 것은 용기의 증거다.

앙투아네트는 기꺼이 사과함으로써 용기를 증명했다. 그녀는 죽기 몇 시간 전에 세상 사람들에게 미안하다고 편지를 썼다. 죽기 직전에는 사형 집행인에게 사과했다. 그녀는 사과를 두려워하지 않는 용기와 넓은 마음을 갖고 있었다.

세상에 널리 알려진 오만하고 무례한 사람이라는 편견과는 딴판이었다. 앙투아네트는 실은 좋은 사람인지도 모른다. 유서에 쓰인 그녀의 이별 인사가 애틋하다.

"내게는 친구들이 있어요. 친구들과 영원히 이별해야 하고 또 그들이 괴로워할 것을 생각하는 게 내가 죽으면서 느끼는 가장 큰 슬픔이에요. 마지막 순간에도 내가 그들을 생각했다는 걸 알려주세요. 나의 다정하고 따뜻한 시누이여, 안녕히. 이 편지가 당신에게 가기를 바랍니다. 나는 항상 당신을 생각합니다. 당신과 가엾고 사랑스러운 아이들을 내 온 마음으로 껴안습니다. 오, 신이시여. 그들을 영원히 떠나는 건 가슴이 미어지는 일입니다. 안녕, 안녕."

친구와 이별도 서러웠겠지만, 어머니로서 아이들을 남기고 죽는 것은 또 얼마나 원통했을까. 앙투아네트는 아이들에게 인사라도 전하고 싶었다.

그런데 앙투아네트의 편지는 전달되지 않았다. 사랑하고 염려하는 그녀의 마음이 아이들에게 전해지지 않은 것이다. 아무에게도 가닿지 않는 기원을 했던 앙투아네트는 무척 외롭게 죽음을 맞았다.

앙투아네트는 유서에서 '아들이 부모의 죽음을 복수하지 않도록 해달라'고 썼다. 부모 때문에 자녀가 살육의 광풍에 휩쓸리는 것을 원치 않았다. 그런데 불행히도 막내아들 루이 샤를 Louis Charles은 복수를 꿈꿀 수도 없는 어린 나이에 세상을 뜨고 말았다.

앙투아네트는 아들의 비극을 상상도 못 했을 것이다. 샤를은 감옥에 갇혀 살다가 결핵으로 사망했는데 그때 나이가 겨우 10살이었다.

샤를은 엄마가 세상을 떠나고 3년 후, 감옥에서 투병하며 정말로 외롭게 숨을 거뒀다. 할 수만 있다면 엄마인 앙투아네트는 아들에게도 사과하고 싶었을 것이다. 아마도 그녀의 사과는 이렇지 않았을까.

"엄마 아빠가 널 태어나게 한 것도 미안하고, 너를 혼자 두고 세상을 떠난 것도 미안하며, 너를 불행하게 죽게 만들어 더없이 미안하다."

사과할 기회를 영영 잃기 전에 사랑하는 사람들에게 사과를 많이 해두는 것이 좋을 것 같다.

5장

간절하고, 뜨겁고,
다정한 사랑을
삶의 끝에서야
비로소 깨달았다

사랑하는 당신에게
마지막으로 해줄 수 있는 한 가지

남극에서 아내에게 재혼을 권한
로버트 스콧

내가 죽고 3개월 뒤 연인이 나를 잊는다면 배신일까 다행일까. 내가 죽은 뒤 1년 만에 아내나 남편이 재혼을 해버리면 그건 또 좋은 일인가 나쁜 일인가. 많이 섭섭할 것이다. 심하면 배신감도 느낄 만하다. 좀 더 성숙하게 생각할 수도 있는데 쉽지 않다. 나는 이왕 죽어 없어졌으니 애인이나 배우자가 행복한 삶을 산다면 축복이다. 머리로는 알지만 마음으로 받아들이기 참 어렵다.

많은 사람이 죽은 후에도 사랑을 소유하고 싶어 한다. 자신이 세상에서 사라져도 남은 연인이 자유롭기를 원치 않는다. 소유욕에 사로잡힌 대부분 사람은 미숙한 사랑을 한다. 물론 예외인 사람도 있다. 성숙한 사랑을 하는 사람은 사랑하는 사람에게 자유를 기쁘게 선물한다. 남극 탐험을 갔던 한 영국인이 그랬다.

영국의 탐험가 로버트 스콧Robert Scott은 남극에서 눈 폭풍이 몰아치는 치명적 상황에 놓였다. 머무는 텐트 안도 바깥보다 바람이 약할 뿐이지 생명을 위협할 정도로 추웠다. 연료와 먹을거리도 거의 다 떨어졌다. 손발 같은 몸 끝부분부터 얼기 시작했다.

스콧은 곧 죽음을 맞이하게 될 것이다. 무엇을 할 수 있을까. 소리치거나 슬퍼해도 결코 생명을 구할 수 없다. 운명을 저주하며 밖을 내달리면 빨리 생명을 잃는다. 어떻게 해도 죽을 상황에서 스콧은 아내에게 마지막 편지를 썼다.

스콧은 대원 4명과 함께 1912년 1월 17일 남극점에 도달했다. 가슴 벅찬 순간이었지만, 그들은 좌절했다. 노르웨이 국기가 펄럭이고 있었기 때문이다. 로알 아문센Roald Amundsen이 약 한 달 전에 먼저 다녀갔다. 아문센은 텐트를 그대로 뒀고 로버트에게 읽으라고 메모도 써놓았다.

"스콧 대장님. 대장님이 우리 다음으로 처음 이곳에 도착했을 것입니다. 노르웨이 호콘 7세 국왕에게 제가 써놓은 편지를 전해주시라고 정중히 부탁드립니다. 텐트 안의 물품 중 쓸만한 게 있다면 주저 없이 쓰셔도 좋습니다. 안전한 복귀를 기원합니다."

아문센은 자신이 무사히 귀환하지 못할 때를 대비해서 국왕에게 편지를 대신 전해달라고 예의 바르게 부탁했다. 그러나 아무리 정중해도 스콧은 치욕스러움을 억누르기 어려웠다. 로버트 스콧 팀은 죽음을 각오하고 '최초'라는 타이틀을 위해서 남극점까지 왔다. 두 번째가 될 줄 알았다면 도전을 시작하지도 않았다. 그런데 영광의 최초 기록은 아문센의 것이었다. 당시 스콧은 '굉장히 실망했다'고 기록했다.

스콧과 대원들은 실의에 빠진 채 베이스캠프로 복귀해야 했다. 그런데 최악의 상황까지 맞닥뜨렸다. 날씨가 목숨을 위협할 정도로 나빠졌다. 2월 중순에 대원 한 명이 숨을 거뒀다. 3월에는 심한 동상에 걸린 대원 한 명이 어디론가 사라져버렸다. 다른 방향으로 걸어갔거나 아무도 모르는 사이에 쓰러져 눈에 묻혔을 것이다.

남은 사람들도 살아서 남극을 빠져나가지 못했다. 스콧과 두 명의 대원도 폭풍 때문에 전진하지 못하고 텐트 속에 머물다가 숨을 거둔다. 죽음을 맞기 전 스콧은 아내에게 자신이 겪은 고난과 절망을 털어놓는 편지를 썼다.

"한 대원은 몸이 안 좋아서 숨졌어요. 나머지 대원들은 계속 나아가면 이곳을 빠져나갈 수 있다고 생각했지만 추운 날씨가 허락하지 않았어요. 보급 창고가 20마일(약 32킬로미터) 남았는데 음식이나 연료가 거의 없어요. 나는 좋은 기회가 사라졌다고 생각해요. 하지만 우리는 자살하지 않고 끝까지 싸우기로 했습니다."

자살하지 않기로 했다는 말은 어쨌거나 자살을 고려했다는 뜻이다. 그만큼 힘들었다는 하소연도 된다. 스콧은 숨김없이 감정을 표현했다. 아내가 읽으면 가슴 아플 게 분명했지만 자살하고 싶을 정도로 힘들고 절망적이라고 털어놓았다.

스콧은 편지에서 아내에 대한 사랑도 고백한다. 죽음의 기운을 느끼면 사랑이 깊어진다. 큰 사고를 당했거나 중병에 걸려 영원히 이별할 처지에 놓이면 자신이 얼마나 상대를 사랑하는지 새삼 깨닫게 된다. 스콧도 그러했다.

"내게 무슨 일이 생긴다면, 당신이 내게 얼마나 큰 의미인지 알

아주면 좋겠어요. 내가 당신을 사랑하고 항상 생각했다는 걸.
그리고 당신도 분명히 알 거예요. 최악의 경우에는 우리가 다
시 볼 수 없다는 사실을 말입니다."

스콧은 아내에게 마음을 다해 사랑을 고백했다. 그런데 특이
점이 있다. 위기 상황에 놓인 보통 사람들의 편지는 '당신을 사
랑해요. 영원히 잊지 말아줘요'로 끝나는 경우가 많다. 스콧은
보기 드물게 쿨했다. 자신을 기억해달라고 애원하는 대신 재혼
을 권유했다.

"당신도 알다시피 나는 재혼에 대해 전혀 감상적이지 않아요.
좋은 사람이 나타나 당신의 삶을 돕는다면 당신은 다시 행복한
자기 자신이 돼야 합니다."

좋은 사람이 나타나면 주저 없이 결혼해서 행복도 찾고 경제
적으로 도움도 얻으라는 뜻이다. '나를 기억해줘요'가 아니다.
'나는 잊고 좋은 사람을 찾아가세요'다. 삶의 끝에 선 스콧은 결
혼의 족쇄로부터 아내를 풀어주려 했다. 스콧은 알고 있었고 또
실천했다. 사랑은 자유를 주는 것이다.

남편의 미래 애인에게 편지를 쓰고 떠난

슈미츠

미국 아이오와의 브렌다 슈미츠Brenda Schmitz는 2011
년 세상을 떠나면서 남편이 재혼에 성공하도록 준비를 해뒀다.
남편의 미래 애인에게 편지를 쓴 것이다. 자신이 죽은 뒤 남편
에게 애인이 생기면 편지를 지역 방송사에 보내달라고 친구에
게 부탁했다. 슈미츠에게는 남편 말고도 아들이 넷이었다. 방송
사가 공개한 편지를 요약하면 '아이들과 남편을 잘 부탁한다'는
내용이었다.

"안녕하세요. 나는 브렌다 슈미츠예요. 당신이 이 편지를 받았
다면 나는 이미 난소암과 싸움에서 진 겁니다. 손이 떨려서 펜
으로 쓰지 않고 타자로 남겨요. 친구에게 부탁했어요. 남편 데
이비드가 슬픔을 극복한 뒤에 새 사람을 만나면 이 편지를 부
쳐달라고요. 우리에게는 네 아들이 있어요. 카터, 조시, 저스틴
그리고 맥스죠. 가장 어린 맥스는 두 살이에요. 나는 맥스의 첫
번째 생일 직후에 암 진단을 받았어요. 그 나이의 아이는 어떤
경우라도 엄마를 잃어서는 안 되는데, 생각만 해도 눈물이 나
는군요."

슈미츠는 남편의 미래 애인에게 아이들을 잘 보살펴달라고 직접 부탁하지 않았다. 대신 가족에게 새엄마가 될 분에게 자유 시간을 주고 자주 웃게 해야 한다고 당부했다.

"남편의 새로운 애인이 주말에는 마음대로 시간을 보냈으면 좋겠어요. 미용, 마사지, 쇼핑, 스파, 주말여행 등 뭐든지요. 그분은 그럴 자격이 있어요. 그리고 항상 그분이 웃도록 해야 돼요. 내가 그분의 노력에 항상 감사할 거라는 것도 알아주세요."

가족을 돌보는 여성들이 가장 원하는 것은 자유 시간과 휴식이다. 슈미츠는 남편의 새로운 짝이 충분히 쉬도록 가족이 배려해야 한다고 강조했다. 그리고 남편의 미래 애인에게 이렇게 말했다. "당신이 누구건 나는 당신을 사랑합니다."

슈미츠의 편지는 특별하다. 남편의 연애와 재혼이 성공하기를 응원하는 편지는 흔하지 않다. 이런 편지를 쓰기 위해서는 자신을 포기하는 마음이 필요하다. 슈미츠는 자신의 자리가 대체되고 잊혀도 상관없었다. 가족들이 행복하다면 자기가 깨끗이 지워지겠다는 의지가 편지에 깔려있다.

애인의 새로운 연애를 기원한
닐

비슷한 사례가 2007년에도 있었다. 영국 맨체스터의 닐 다운스Neil Downes는 아프가니스탄에서 군 복무하던 중 사망했다. 며칠만 더 있으면 영국으로 돌아갈 예정이었고 애인에게 청혼할 계획이었다. 그런데 지뢰가 그의 생명을 앗아가고 말았다.

닐은 자신이 군 복무 중 죽을 수도 있다고 생각해서 마지막 편지를 미리 써놓았다. 닐이 여자 친구인 제인 리틀Jane Little에게 남긴 편지는 해외 SNS와 언론의 주목을 받았다. 편지에서 닐은 애인인 제인이 결혼도 하고 아기도 낳아 행복하게 살기를 바란다고 했다.

"안녕, 아름다운 내 여자친구! 네가 이 일을 겪게 해서 미안해. 정말 미안해. 내가 너를 얼마나 사랑하고 염려하는지 꼭 말하고 싶어. 사랑하는 제인, 나는 네가 경이롭고 충만한 삶을 살길 원해. 결혼하고 아이도 낳아. 나는 너를 영원히 사랑할 거고 네가 늙고 주름이 많아지면 다시 만날 거야. 부모님께 내 보험금의 일부를 너에게 주라고 말씀드려 놨어. 그러니 재미있게 지내야 해."

전쟁터에서 죽음을 생각했던 20대 청년의 마음은 바다처럼 깊고 하늘만큼 높았다. 자신의 생명 보험금 일부를 애인에게 주고 재미있게 살고 남자도 만나는 데 쓰도록 했다. 그리고 행복한 결혼도 빌어줬다. 자신을 잊어도 애인이 행복하기를 원했다. 닐은 자신의 행복보다 애인의 행복을 중요하게 여기는 진정한 사랑을 보여줬다.

그런데 어떻게 그런 사랑을 할 수 있을까. 내가 죽으면서 아내와 남편의 재혼을 기원하는 사람의 가치관은 어떤 것일까. 또 나의 생명 보험금을 애인에게 주면서 새로운 연애를 시작하라고 응원하려면 어떤 인생관이 필요할까.

사후 세계에 대한 종교적 신념이 있으면 좋은 사람이 된다. 가령 삶이 끝난 후 신이 자신의 생애를 준엄히 평가할 거라고 믿는 사람들은 헌신적인 사랑을 베풀 동기가 확고하다.

반대로 사후 세계를 믿지 않아도 진정한 사랑이 가능하다. 죽은 후에 나의 존재가 완전히 소멸한다고 믿으면 소유 의식에서 벗어난다. 내 재산을 모조리 나눠주기도 쉽고, 반려자나 애인의 지위를 깨끗이 포기해도 아무렇지 않다.

인간이란 무엇인가. 또 사후 세계란 존재하는가. 이 까다로운 물음에 물리학자 스티븐 호킹Stephen Hawking은 2011년 5월 한 인터뷰에서 명쾌하게 답했다.

"나는 뇌를 컴퓨터라고 생각합니다. 부품이 고장 나면 작동을 멈추는 컴퓨터 말입니다. 고장 난 컴퓨터는 천국이나 사후 세계가 없습니다. 그런 것들은 암흑을 무서워하는 인간을 위해 만든 동화 같은 이야기일 뿐이죠."

논리적이지만 슬프다. 호킹의 말처럼 인간이 최후에는 고물 컴퓨터처럼 폐기된다고 생각하면 서글퍼진다. 하지만 때로는 인간을 기계로 생각하는 게 인간적이다. 내가 낡은 TV처럼 완전히 사라지는 것이라면 삶의 끝에서 연인에게 자유를 선물할 수 있다. 내가 죽고 1년 뒤에 재혼하거나 말거나 아무렇지 않을 수 있다. 말하자면 대범하고 성숙해진다.

사랑이 내 마음대로 되면 그보다 행복한 일은 없겠지만 알다시피 사랑은 무척 어렵다. 세상 사람들은 대부분 사랑의 실패자다. 거절당하거나 버림받은 적 없는 연인은 희소하다. 사랑에 실패하는 것이 집착하지 않았기 때문일까. 온 마음을 쏟고 정성을 다하며 매달렸어야 하는데 그러지 않아서 버림받는 것일까.

실상은 그 반대다. 내 사랑도 곧 끝날 수 있다고 생각하는 사람이 매력적이다. 상대에게 떠날 자유를 선물하는 연인이 감동을 주고 긴장감을 일으킨다. 더 좋은 인생은 삶의 끝을 상상하는 사람의 것이다. 마찬가지로 더 좋은 사랑은 구속 없는 사랑의 끝을 상상하는 사람에게 주어진다.

죽음 앞에서도
절절한 사랑꾼 이야기

죽음을 앞둔 옛 여인에게 편지를 쓴

레너드 코언

'팝 음악의 음유 시인'이라 불리는 캐나다 가수 레너드 코언Leonard Cohen은 1960년대 그리스에서 노르웨이 여성 마리안 일렌Marianne Ihlen을 만났다. 당시 마리안은 난감한 상황이었다. 노르웨이를 갔다가 돌아왔는데 소설가 남편은 자신과 어린 아들을 버리고 다른 여자에게로 가버리고 없었다. 실망한 마리안 앞에 나타난 남자가 코언이다.

차분하고 감성적인 코언과 밝고 영감 넘치는 마리안은 7년 동안 행복하게 지냈다. 평범한 연인들처럼 산책하고 대화하고 가끔 싸웠다. 또 코언이 만든 여러 노래에 마리안이 영향을 끼쳤으니 둘은 창작도 같이했던 셈이다. 하지만 그들은 많은 연인이 그러듯이 결국 이별했고 각자 결혼해서 자기 생을 꾸려나갔다.

코언과 마리안의 사랑이 세상의 집중적인 주목을 받은 것은 50년이 지나서다. 2016년 81살의 마리안이 백혈병으로 죽음의 문턱에 다다르자 코언이 병상의 마리안에게 편지를 썼다. 한때 뜨겁게 사랑했던 죽음을 앞둔 옛 여인 마리안에게 보낸 위로 편지는 트위터에 공개돼 세상 사람들의 이목을 끌었다. 가슴으로 쓴 글이 구구절절 애틋해서 읽는 사람의 마음을 뭉클하게 만든다.

"우리가 너무 늙어버려서 육신이 허물어지는 때가 왔군요. 내가 곧 당신을 따르게 될 것 같아요. 잊지 마세요. 내가 바로 당신 뒤에 있을 테니 손만 뻗으면 내 손이 닿을 겁니다. 내가 당신의 아름다움과 지혜를 언제나 사랑했다는 걸 당신도 알고 있을 거예요. 아주 좋은 여행을 하시라고 기원합니다. 내 오랜 친구여 안녕. 영원한 사랑, 우리 여행길에서 만나요."

코언이 보낸 편지를 마리안의 친구가 읽어주자 투병 중인 마리안은 행복한 미소를 지었고 며칠 후 세상을 떠났다. 20대 후반에 사랑했던 두 사람이 50년이 지나서도 서로를 기억하고 존중했다는 사실이 감동적이다. 더욱 극적으로 마리안이 숨지고 4개월 뒤 코언도 세상을 떠났다. 오랜 세월 멀리 떨어져 있던 옛 연인이 비슷한 시기에 세상을 떠난 것이다. 사후의 여행길이 있다면 코언이 말했던 것처럼 두 사람이 만나 반갑게 손을 맞잡았을지도 모를 일이다.

폐결핵 환자와 결혼한
리처드 파인만

죽음은 암흑이 아니라 밝은 조명 같은 것이다. 보이지 않던 것을 보이게 한다. 죽음을 생각하면 무엇이 정말 중요한지 그리고 어떻게 살아야 할지 밝게 보인다. 사랑의 문제도 마찬가지다. 죽음이 찾아오는 순간 스포트라이트가 번쩍 켜지면서 진정한 사랑을 비춰 준다. 내가 누구를 얼마나 사랑하는지 죽음 덕분에 또렷이 알게 된다.

미국의 물리학자이며 노벨상 수상자인 리처드 파인만Richard Feynman이 그런 경험을 했다. 아내가 세상을 뜨고 16개월이 지난

1946년 10월에 파인만은 아내에게 편지를 썼다.

"당신을 사랑한다고 말하고 싶어요. 당신을 사랑하고 싶어요.
당신을 언제까지나 사랑할 것입니다. 당신을 위로하고 보살피
고 싶어요. 또 당신이 나를 사랑하고 보살펴 주면 좋겠어요. 내
게 아무것도 줄 수 없는데도 나는 당신을 몹시 사랑하고 있어
요. 내가 다른 사람을 사랑하는 걸 당신이 가로막고 서 있어요.
나는 당신이 그렇게 계속 서 있기를 바랍니다. 당신은 죽었지
만 살아 있는 누구보다도 훨씬 나아요."

파인만이 아내가 죽은 후 순결하게 홀로 지냈던 것은 아니다.
여러 여성을 만나 데이트했다고 편지에 고백했다. 보통 남자들
은 새로운 사랑의 기회를 뜨겁게 반기기 마련이다. 하지만 파인
만은 그러지 못했다. 새로운 관계들은 곧 시들해졌고 아내에 대
한 기억만 더욱 선명해졌다. 아내가 저세상으로 간 후에 파인만
은 자신이 아내를 얼마나 사랑하는지 더욱 또렷이 알게 됐다.
숨진 아내가 살아 있는 그 누구보다 사랑스러워서 견딜 수가 없
었다.

두 사람의 사랑은 살아서도 특별히 깊었다. 아내 알린 그린바
움Arline Greenbaum은 고등학교 시절 만난 파인만의 첫사랑이다. 파

인만은 박사 학위를 받은 후 그린바움과 결혼했다. 결혼식은 조용히 치러졌다. 두 사람은 어느 외딴 섬 시청 건물에서 가족이나 친구도 없이 결혼식을 올렸다.

성혼이 선언되고 키스하는 차례에 신랑은 신부의 입술이 아닌 볼에 키스했다. 알린 그린바움이 심한 폐결핵을 앓고 있었기 때문이다. 파인만은 그린바움이 2년밖에 살 수 없다는 걸 알면서도 결혼했다. 사람들을 초대해서 떠들썩하게 결혼식을 올릴 사정이 아니었다.

파인만 부부의 결혼에는 죽음과 이별이 예정돼 있었다. 결국, 두 사람은 죽음에 의해 헤어져야 했으며 사별은 파인만의 사랑을 더 절실하게 만들었다.

뜨겁게 한 여자를 사랑한
나폴레옹

레너드 코언과 리처드 파인만보다 더 뜨거웠던 남자가 있다. 바로 프랑스 황제 나폴레옹 1세다. 나폴레옹 보나파르트Napoléon Bonaparte는 살아 있는 동안 한 여성을 열렬히 사랑했고 죽음을 맞은 순간까지도 잊지 않았다. 나폴레옹이 사경을 헤매면서 불렀던 이름은 조제핀이다. 10여 년 전 이혼했고 이미 세상을 떠난 옛 아내 조제핀Josphine de Beauharnais을 애타게 불렀던 것이다.

연애 시절 나폴레옹은 조제핀을 마음 깊이 사랑했다. 사랑이 여간 뜨거워서는 결혼이 성사되기도 어려웠을 것이다. 나폴레옹은 조제핀과 결혼했을 때 26살이었다. 그런데 신부 조제핀은 32살로 6살 연상이었다. 게다가 이전 결혼에서 낳은 아이가 둘이었다. 결혼과 동시에 두 아이의 아버지가 된 셈이다.

나폴레옹의 가족은 충격을 받았고 결혼에 반대했지만, 사랑의 열병을 앓는 그를 막을 수 없었다. 나폴레옹의 사랑은 얼마나 뜨거웠을까. 나폴레옹이 원정을 가서 잠시 떨어져 있던 조제핀에게 보냈던 편지를 보면 알 수 있다.

"당신을 떠난 이후 나는 슬펐어요. 나는 당신 곁에서만 행복합니다. 당신의 키스, 당신의 눈물 그리고 매혹적인 당신의 질투가 계속 떠오릅니다. 당신의 비교할 수 없는 매력이 내 마음과 감각 속에 밝은 불꽃을 타오르게 합니다. 일과 걱정에서 벗어나면 나는 모든 시간을 당신 곁에서 보낼 것입니다. 아무것도 하지 않고 오직 당신을 사랑하면서."

몹시 느끼하다. 낭만적인 것을 넘어서서 손발이 오그라드는 민망함을 유발하는 편지다. 나폴레옹은 조제핀의 모든 것을 완전히 사랑했다. 아무것도 하지 않고 조제핀 옆에 있는 게 그의 소원이었다.

나중에 이혼했지만 나폴레옹의 사랑이 식어서가 아니다. 황제가 된 나폴레옹은 후계자가 필요했는데 조제핀이 오래도록 아이를 갖지 못했다. 두 사람의 이혼은 정치적으로 불가피한 선택이었다.

나폴레옹은 오스트리아의 19살 왕족 마리 루이즈Marie Louise를 아내로 맞으면서 "내가 결혼하는 상대는 자궁이다"라고 말했다. 마리와의 결혼을 정치적 도구로 여겼다는 걸 알 수 있는 대목이다. 또 나폴레옹은 이혼 후에도 조제핀이 황후의 지위를 유지하고 풍족한 생활을 할 수 있도록 지원을 아끼지 않았다. 조제핀이 죽었다는 소식을 들었을 때는 큰 충격을 받아서 이틀 동안 자기 방에서 나오지 않았다. 비록 이혼했지만 조제핀은 나폴레옹이 마음으로 사랑하는 사람이었다.

조제핀의 마음도 나폴레옹과 같았다고 추정할 수 있다. 조제핀의 유언은 "나폴레옹, 엘바"였다. 전 남편의 이름과 그가 갇혀 있던 곳의 지명을 부르며 숨을 거뒀다. 나폴레옹도 화답하듯이 "프랑스, 군대, 전진, 조제핀"이라고 유언을 남겼다. 외딴 섬에

유배돼 생을 마감하는 순간 나폴레옹이 간절하게 부른 이름이
조제핀이었다.

▲
： 다정히 인사를 남기고 떠난
： 네 남자
：
：
：
：
：

    위에서 소개한 세 남자의 이야기는 감동적이지만 슬
프다. 50년 전의 사랑을 가슴 아프게 되새겼을 리처드 코언은
안타깝다. 2년간 함께 살고 영원히 떠나버린 아내를 그리워하
는 리처드 파인만도 마음 아프다. 그리고 모든 것을 잃고 사랑하
는 사람의 이름을 외롭게 불렀던 나폴레옹도 연민을 느끼게 한
다. 가장 이상적인 죽음은 사랑하는 사람에게 다정히 인사하고
떠나는 것이 아닐까 싶다. 그렇게 행복한 사례도 많다.

    영화 〈죽은 시인의 사회〉 등에 출연했던 미국 배우 로빈 윌리
엄스Robin Williams는 2014년 스스로 생을 마감했다. 파킨슨병과
치매를 앓았던 로빈이 최후에 했던 말은 "안녕, 내 사랑"이다.
아내 수잔 슈나이더Susan Schneider는 로빈이 매일 밤 잠자기 전에
그렇게 인사했다고 말했다.

"남편은 잠자러 갈 때 항상 내게 이렇게 말했어요. '안녕, 내 사랑'이라고요. 그리고서 내가 '안녕, 내 사랑'이라고 답할 때까지 기다렸어요. 그의 말이 내 가슴에 아직 메아리칩니다. 8월 11일 월요일 로빈이 떠났습니다."

《코스모스》의 작가이자 미국 천문학자인 칼 세이건Carl Sagan도 로빈처럼 따뜻한 작별 인사를 남기고 떠났다. 아내 앤 드루얀Ann Druyan은 이렇게 회고했다.

"나는 죽어가는 그의 손을 잡고 얼굴을 봤어요. 그가 미소를 보이더군요. 내가 말했어요. '안녕, 칼.' 그가 말했어요. '안녕, 앤.' 그러고는 칼이 눈을 감고 숨졌어요. 우리는 인사할 때 두 번 다시 만날 수 없다는 걸 알았지만 괜찮았어요."

영국 시인 T. S. 엘리엇Thomas Stearns Eliot은 "발레리Valerie"라고 속삭이고는 숨을 거뒀다. 발레리는 엘리엇보다 40살이 어린 아내의 이름이었다. 19세기 말 미국 대통령을 지낸 제임스 K. 포크James Knox Polk도 아내 사라Sarah의 마음을 뜨겁게 만드는 말을 남기고 세상을 떠났다.

"사라. 당신을 사랑해요. 영원히 당신을 사랑합니다."

탄생을 반기는 가족의 환대 속에서 태어나는 것은 큰 행복이
다. 당연히 죽을 때도 따뜻한 환송을 받는 게 좋다. 어떻게 하면
사랑받으며 죽을 수 있을까. 답은 쉽다. 나를 사랑하는 사람이
몇 명 있으면 된다. 살아 있는 동안 누군가의 사랑을 확보해놓으
면 사랑 속에서 행복하게 죽을 확률이 높다.

그런데 사랑은 쉽지 않다. 아무나 사랑받는 게 아니다. 사랑받
으려면 진심과 인내가 필요하다. 거기에 죽음이 예정된 사람과
결혼한 파인만처럼 용기가 있거나 느끼한 사랑의 대사도 서슴
잖은 나폴레옹처럼 열정이 있다면 더할 나위 없을 것이다.

▲
∶ 무모한 결투로 죽음을 맞은
∶ **푸시킨**
∶
∶
∶
∶

사랑받으며 죽으려면 필요한 게 또 있다. 마음을 다
스리는 능력이 있어야 한다. 러시아 시인 알렉산드르 푸시킨
Aleksandr Pushkin 의 죽음이 그런 교훈을 준다. 푸시킨은 아내 나탈
리야 곤차로바Nataliya Goncharova 앞에서 죽으면서 이렇게 말했다.

"잊히려고 노력하세요. 시골에 가서 살아요. 2년 동안 슬퍼한 후에 재혼하세요. 단 품위 있는 사람을 고르세요."

사실 푸시킨은 아내에 관한 소문 때문에 죽게 됐다. 진위가 확인되지 않았지만, 아내 나탈리야가 프랑스군 장교와 바람이 났다는 소문이 돌았다. 격분한 푸시킨은 소문의 장교 조르주 단테스에게 결투를 신청했다. 하지만 군인과의 결투에서 시인은 무력했다. 상대에게는 팔에 경상만 입히고 자신은 복부에 심각한 총상을 입어서 이틀 동안 앓다가 복막염으로 숨지고 말았다.

푸시킨은 죽을 때가 되자 아내에게 당부했다. 시골로 가서 사람들에게 잊히고 2년 후에나 재혼하라고 말이다. 그런데 의심과 분노에 휩싸여 무모한 결투로 죽음을 맞은 남편이 과연 사랑스러웠을까. 푸시킨의 죽음은 안타깝다. 아내의 바람 소문을 들었던 푸시킨이 자신의 유명한 시구를 떠올렸다면 어땠을까.

"삶이 그대를 속일지라도 슬퍼하거나 노여워하지 마라. 슬픔의 날을 견디면 기쁨의 날이 오리니."

푸시킨이 삶의 슬픔과 노여움을 다스리는 데 성공했다고 가정해보자. 군인에게 무모한 결투를 신청했다가 허망하게 죽는 일을 없었을 것이다. 그가 살아서 곁에 있었다면 아내 나탈리야가 러시아 황제 니콜라이 1세의 숨겨둔 여자라는 소문이 돌지도 않았을 것이고, 러시아군과 재혼해서 죽을 때까지 함께 사는 일도 없었을 것이다.

불행하게도 푸시킨은 아내를 필사적으로 지키려 했기 때문에 잃고 말았다. 절세미인으로 소문난 아내 나탈리야에 대한 자신의 권리를 지키려다가 도리어 놓치고 말았다. 노여워하지 않고 합리적인 해결책을 찾을 수는 없었는지 안타깝다. 세상 밖에서는 맹수 같더라도 사랑하는 사람 앞에서만은 강아지처럼 온순하고 온화해야 사랑받을 수 있다.

다시
뜨거운 사랑을 하는 법

▲
∶
∶
∶
∶
∶
∶
∶

9·11 테러에서 살아남은
조 디트마

죽음이 생명을 준다. 죽는다고 생각하면서 살면 삶
이 더욱 충만해진다. 죽음의 상상은 무기력한 삶에 생명력을 불
어넣는다. 죽음은 사랑도 되살릴 수 있다. 죽음 가까이에 다녀온
사람의 사랑은 뜨거워진다. 죽음을 상상만 해도 시들던 사랑이
새 생명을 얻는다.

위기의 남편이 아내를 뜨겁게 사랑하게 된 사례가 있다.
2001년 9월 11일 미국 뉴욕이었다. 보험 회사 직원인 조 디트
마Joe Dittmar는 세계무역센터의 남쪽 타워 105층에서 회의를 하

고 있었다. 그런데 여객기 한 대가 날아와 북쪽 타워와 충돌했다. 검은 연기가 피어오르고 불길이 일어났다. 911 테러가 시작된 것이다.

사람들은 모든 것을 팽개치고 1층을 향해 뛰었다. 조는 17분만에 72층에 도달했는데 이번에는 자신이 있던 남쪽 타워에 비행기가 충돌했다. 많은 희생자가 생겼다. 엘리베이터를 타고 내려가려던 사람들은 살지 못했다. 늦게 달렸던 사람도 생명을 잃었다. 건물은 흔들렸고 크고 작은 폭발음과 붕괴음이 들렸다.

조는 무슨 생각을 했을까. 맛있는 음식이나 일확천금을 상상했을 리 없다. 조에게 떠오른 생각은 단 하나뿐이었다. 집으로 돌아가 아내와 네 아이를 껴안는 생각 말고는 아무것도 떠오르지 않았다.

죽음의 공포는 인간 마음에서 헛된 욕망을 모조리 지워버리고 가장 원초적인 것만 남긴다. 그중 하나가 가족애다. 죽을 때가 되면 가족에 대한 사랑이 최고조로 오른다.

직장 동료들은 물론이고 가족들도 조가 죽었을 거로 생각했다. 테러 발생 시각에 세계무역센터에 있었으니 희생됐을 가능성은 충분했다. 하지만 조는 생명력이 강했고 운도 좋았다. 온 힘을 다해서 계단을 내려갔고 기차와 차량을 이용해 일리노이의 집으로 돌아갔다.

조가 집에 도착했을 때 가족들은 교회에 있었다. 아내는 남편을 보자 기적이라도 목격한 듯이 잠시 동작을 멈췄다가 후다닥 달려서 껴안고 키스했다. 조는 상봉이 대단히 감격스럽고 본능적이었다고 회고했다.

"아내는 긴 의자를 단번에 뛰어넘고 교회 뒤편으로 달려와 나를 뜨겁게 껴안고 최고의 키스를 해줬어요. 그 순간 내가 집에 왔다는 걸 알았어요. 그런 느낌은 평생 처음이었어요."

조는 아내의 키스에 감동했다. 그에게 아내는 다시 매력적인 존재로 변신했다. 실제로는 아내에게 아무런 변화가 없다. 변한 것은 조다. 그가 죽을 위험에 처해서 아내를 갈망했기에 아내가 매혹적으로 보였던 것이다.

시간이 지나면 내가 사랑하는 사람이 서서히 사라진다. 거칠고 주름 많은 피부가 내 젊은 연인을 뒤덮는다. 또 체중이 늘면서 매력적이던 모습이 살 속에 파묻혀 보이지 않게 된다. 그렇게 묻히고 가려졌던 매력이 평생 보이지 않다가 내가 중병이 들거나 죽을 위기를 맞으면 다시 나타난다.

영원한 사랑은 없다. 완벽할 것 같은 사랑도 식어버리고 운이 나쁘면 파탄에 이르게 된다. 오래도록 사랑하고 싶다면 사랑하는 사람이 곧 사라진다고 생각해보자. 또는 내가 언제든 사라질 수 있다고 가정한다. 최소한 100년 안에 둘 다 사라지는 게 사실이니까 병적인 상상은 아니다.

사라진다고 상상하면 사랑하는 사람이 한결 잘 생기고 아름다워 보이게 된다. 상대의 가장 빛나는 장점이 그제야 눈에 들어올 것이다.

죽음을 상상하고 데이트의 끝을 가정하자. 매일 이번 데이트가 마지막이라고 생각하면, 마지막 데이트가 영원히 안 올 수도 있다.

▲
파멸의 사랑을 한
스콧 피츠제럴드

시작은 무척 화려했으나 너무도 비참하게 끝나버린 사랑 이야기가 있다. 《위대한 개츠비》의 작가 F. 스콧 피츠제럴드Francis Scott Key Fitzgerald 앞에 눈부시게 매력적인 여성이 나타났다. 스콧은 순식간에 사랑에 빠질 수밖에 없었다. 당시 스콧을 사로잡은 격렬한 사랑의 감정은 친구에게 보낸 편지에 잘 표현돼 있다.

"나는 그녀의 용기와 진실성과 불꽃 같은 자기 존중을 사랑하게 됐어요. 온 세상이 그녀가 거짓이라고 거칠게 의심하지만 나는 그녀를 믿어요. 내가 그녀를 사랑하는 게 모든 것의 시작이고 끝입니다."

'그녀'는 젤다 세이어Zelda Sayre 다. 스콧의 눈에 젤다는 완벽한 존재였다. 용기가 넘치며 진실했고 자기 존중의 태도도 매혹적이었다.

'내가 그녀를 사랑하는 게 모든 것의 시작이고 끝'이라는 글귀는 그녀에 대한 사랑이 우주 전부라는 의미다. 반대로 그 사랑을 빼버리면 우주가 존재하지 않는 것과 같다. 단단히 최면에 빠진 스콧은 젤다와 결혼한다.

두 사람의 격정적인 사랑은 어떻게 됐을까. 시작은 창대했으나 끝은 파멸이었다. 14년의 결혼 생활 동안 두 사람은 서로 미워서 폭력까지 행사했다. 의심하고 헐뜯고 술 마시거나 소리를 질렀다.

특히 부부의 죽음이 너무도 비극적이다. 스콧은 알코올 중독으로 죽었고 젤다는 불이 난 정신병원에 갇혀 자기 방에서 숨을 거뒀다.

두 사람은 사랑에 확신이 있었다. 세상 사람들도 그들의 사랑을 부러워했다. 그런데 비극적인 사랑으로 끝나고 말았다. 스콧이 겪은 사랑의 몰락은 극단적이지만 사랑의 피하기 어려운 운명을 보여준다.

사랑이란 처음에는 불꽃처럼 뜨겁다가도 파멸까지는 아니어도 여지없이 식어가게 된다. 서로 증오하지는 않더라도 점점 무관심해진다. 사랑의 초기에 느끼는 뜨거움, 안타까움, 절실함은 시간이 흐르면 다 휘발돼 버린다. 사랑의 열정은 내리막길을 향해 달리는 감정이다.

그런데 최초의 열정을 되살려 사랑의 수명을 늘리는 방법이 분명히 있다. 만난 지 10년이 돼서 무감각해진 커플마저도 연애 초기인 듯이 다시 뜨거워질 수 있다. 내리막길을 타고 내려가다가 도약대에서 하늘로 솟구치는 스키 점프 선수처럼 대역전이 가능한 것이다.

비결은 대단하지 않고 평이하다. 외로운 죽음을 상상하면 사랑이 뜨거워진다. 내가 곤경에 빠져서 무기력하게 삶을 끝내게 됐다고 머릿속에서 그림을 그리면, 시들어가던 나의 사랑이 되살아난다.

포로수용소에서 숨진

케네스

한 남자가 포로수용소에 갇혀서 생지옥을 경험한다. 그가 생각했던 것은 오직 아내다. 아내에게 감사와 사랑을 매일 고백했다. 그에게도 아내에 대한 사랑이 모든 것의 시작이자 끝이었을 것이다.

포로수용소의 남자는 영국인 케네스 스티븐스Kenneth Stevens다. 케네스는 1942년 2월 일본군에 잡힌 뒤 다른 포로들과 함께 3주 동안 걸어서 태국과 미얀마 접경 지역에 있는 수용소로 가게 된다. 그곳에는 굶어 죽는 사람들이 많았다. 아파도 제대로 된 약 처방이나 치료를 기대하기 어려웠다.

케네스는 그래도 운이 좋았다. 수용소 병원에서 아내 페넬로페와 아들 크리스토퍼에게 편지를 쓸 기회를 얻었기 때문이다.

"페넬로페, 내 사랑. 지난번 당신에게 편지를 쓴 뒤 삶이 극단적으로 암울해졌어요. 먹을 것은 아주 적고 의약품도 부족해요. 우리는 콜레라, 이질, 영양 실조증과 싸우고 있어요. 3주 동안 1,600명 가운데 160명이나 죽고 말았답니다. 그래도 지금은 사정이 조금 나아졌어요.

나는 당신과 크리스토퍼와 보냈던 과거를 회상하거나 함께할 미래를 소망하면서 시간을 보냅니다. 두 사람의 사진을 보내준 건 정말 좋은 생각이었어요. 나는 그 사진을 몇 시간씩이나 보고 있답니다. 오, 내 사랑. 나는 살아 나가서 당신과 재회하길 절실하게 소원합니다. 당신이 얼마나 감사한 사람인지 매일 말해주고 싶어요. 또 당신이 얼마나 경이로운지 매일 고백할 거예요.

당신이 꾸민 우리 집은 아주 아름다웠어요. 나는 그 집이 자랑스러웠어요. 집에는 우리 아들 크리스토퍼도 있었죠. 크리스토퍼 같은 아이는 세상에 또 없다고 생각해요. 당신도 아내로서나 주부로서 그리고 엄마로서도 완전했고 누구보다 훌륭했어요. 점점 어두워지고 있어요. 여보, 그만 써야겠어요. 나는 언제나 당신을 무한히 사랑합니다."

케네스는 자신의 아내가 완벽하고 경이롭다고 말했다. 편지를 읽은 사람은 최고의 인격과 매우 아름다운 여성을 떠올리게 된다. 그런데 사실일까. 아무도 모른다. 편지 속 여성 페넬로페는 평범한 일반 시민이라서 객관적인 평가 기록이 존재하지 않기 때문이다.

다만 케네스의 인지 왜곡은 얼마든지 의심할 수 있다. 설사 아내 페넬로페의 인격과 외모에 큰 결점이 있었다고 해도 그는 다 잊었을 것이다.

케네스는 모든 것을 잃고 죽음의 위기에 처해 있었다. 그의 상황이 머릿속에서 아내를 완벽한 사람으로 그리지 않았을까.

상실의 위기에 처한 사람은 쉽게 감동한다. 목이 타들어 가면 물 한 모금의 가치에 감격한다. 외로워야 친구가 감사하다. 아내를 볼 수 없어야 아내가 뼈저리게 그립고 사랑스럽다. 못 보고 죽을 것 같을 때 아내는 인류 최고의 인격체로 아름답게 회상된다.

가족을 더 사랑하면서 지내고 싶다면 이별을 상상하면 된다. 내가 곧 사라진다고 생각하면 아이의 낮은 성적이나 비뚤어진 말대꾸도 분노 없이 대응할 마음이 생긴다. 내 심장이 1만 번 정도 뛰고 멈춘다고 상상하는 순간 남편은 근사해지고 아내는 눈부시게 보인다.

이별의 가능성을 상상하면 사랑이 시들거나 파멸에 이르지 않을 수 있다. 아내나 남편 또는 애인이 언제든 이슬처럼 사라질 수 있는 존재라고 믿으면 사랑은 오랫동안 활기를 유지할 것이다.

케네스는 사랑하는 아내와 아들을 만났을까. 안타깝게도 소원을 이루지 못했다. 케네스는 편지를 쓰고 몇 개월 지나지 않아 숨지고 말았다. 아내와 아들도 그를 두 번 다시 볼 수 없었다.

살아 있다는 건 축복이다. 살아 있을 뿐 아니라 흠이 조금밖에 없는 아내나 남편이 옆에 있다면 그건 최상급 축복이다. 그 축복을 누릴 시간은 생각보다 짧아서 더욱 소중하다.

6장

삶의 끝을
앞두면
모든 불행은
도토리가 된다

큰 불행 때문이 아니라
못한 말과 행동 때문에 눈물이 난다

허드슨 강에 떨어진 비행기의 승객
엘리어스

2009년 1월, 미국 뉴욕을 떠나 노스캐롤라이나 샬럿을 향하던 비행기가 이륙 3분 만에 기러기 무리와 충돌했다. 엔진이 비명처럼 '끼익 끼익' 소리를 내면서 제대로 돌아가지 않았다. 조종사는 허드슨 강에 비상 착륙하기로 했다. 155명을 태운 비행기는 급히 하강해서 차가운 강물 위로 내려앉았다. 연기가 가득한 기내로 물이 들어오기 시작하자 비명과 울음소리가 들려 왔다. 죽음의 공포가 엄습했다.

대형 참사가 일어날 상황이었지만 모든 탑승자가 기적적으로 구조됐다. 하지만 생환이 공짜는 아니었다. 사람들은 끔찍한 죽음의 공포 속에서 떨고 눈물 흘리고 소리친 후에야 자신의 삶으로 되돌아갈 수 있었다.

마케팅 회사를 운영하는 릭 엘리어스Ric Elias도 뉴욕발 비행기에 타고 있었다. 비행기가 새와 부딪힌 뒤 짧은 시간 내에 여러 가지 일이 일어났다. 조종사가 비행 방향을 허드슨 강과 일치시켰다. 그다음 엔진을 껐다. 굉음을 내는 비행기도 두렵지만 침묵하는 비행기는 더욱 무서웠다. 이를테면 숨소리나 심장 박동 소리가 돌연 멈춘 것 같은 불길함이다.

엘리어스 바로 앞에 있던 승무원의 눈빛도 변했다. 처음에는 큰일이 전혀 아니며 괜찮을 거라고 승객들을 안심시켰던 그의 눈이 공포에 젖어들었다. 비행기 안에 있는 모든 사람이 죽음이 닥쳐오는 걸 실감하게 된다.

엘리어스는 죽을 뻔했던 그 날 세 가지를 배웠다고 했다. 첫 번째로 의미 있는 일을 미루지 말아야 한다는 걸 깨달았다. 죽음에 가까워진 순간 하지 못했거나 하지 않았던 일들이 머릿속에 떠올랐다. 연락해서 만나려 했지만 못 본 사람들, 담장 고치기 같은 꼭 해야 하는 작은 일들, 여행처럼 시간이 없어 실행 못 했던 계획들을 생각했다.

대부분 사람들은 하기 싫은 일은 물론이고 하고 싶은 일도 내

일로 미루는 이상한 습관이 있다. 친구와 만나서 놀기, 아이와 책 읽기, 연인과 산책하기 등 신나는 일도 다음으로 미룬다.

일을 미루는 건 시간이 부족해서가 아니라 시간이 무한하다고 생각해서다. 오늘 그 일을 못 하면 내일이나 내년에 하면 된다고 막연히 생각한다. 인생은 방학처럼 짧다. 숙제를 다 못 하고 삶을 끝내는 일이 흔하다. 미루기만 하다가 막상 죽을 때가 된다면 눈물이 쏟아질 것이다.

"무덤에서 흘리는 가장 쓰라린 눈물은 못 한 말과 못 한 행동 때문이다."

19세기 미국 소설가 해리엇 비처 스토Harriet Beecher Stowe의 말이다. 무덤 속에 있는 사람이나 곁에 있는 사람이나 다 같다. 사랑한다고 말하지 않은 게 아파서 울게 된다. 자주 만나지 않았거나 만나도 다정하게 행동하지 못했다면 그 후회가 오랫동안 눈물을 흘리게 할 것이다. 하고 싶거나 해야 할 일을 미루지 말아야 한다. 인생은 곧 끝날 것이다.

강물 위 비행기 안에 있던 엘리어스도 구조된다면 해야 하거나 하고 싶은 일을 절대 미루지 않겠다고 결심한다. 그가 삶의 끝에서 얻은 첫 번째 교훈이다.

비행기가 허드슨 강의 조지 워싱턴 다리를 지나칠 즈음 엘리어스는 두 번째 깨우침을 얻었다. 자기만의 관념인 '자아'를 버려야 한다는 것이다. 자아가 강한 사람은 갈등을 자주 일으킨다. 자기가 남보다 더 옳고 우월하다고 믿어서다. 엘리어스도 자아가 강해서 하찮은 문제로 소중한 사람들과 갈등해왔다고 반성했다.

"나는 중요하지 않은 문제로 허비한 시간을 후회했어요. 아내, 친구 그리고 사람들과의 관계에 대해서 생각했죠. 그렇게 성찰한 후에 내 인생에서 부정적인 에너지를 없애기로 했어요. 완전하지는 않지만 삶이 훨씬 좋아졌죠. 지난 2년 동안 아내와 싸우지 않았어요. 기분이 최고예요. 나는 이제 내가 옳다고 고집하지 않아요. 대신 행복해지는 걸 선택했어요."

엘리어스는 2년 동안 부부 싸움을 하지 않았다고 했다. 아울러 친구들과도 사이가 좋아졌고 비즈니스 현장에서도 갈등이 많이 줄었다. 비결은 단순하다. 내가 옳다고 고집하지 않기에 싸울 일이 줄어들었다.

세상에 널리 퍼진 오해 한 가지가 있다. 사람들이 흔히 말하길 '아무것도 아닌 일로 싸운다'고 한다. 사랑싸움이나 친구 사이의 다툼도 나중에 돌아보면 왜 싸웠는지 이유를 모를 때가 많다. 우리는 정말 무의미한 이유로 싸우는 걸까. 아니다. 틀린 생각이다. 아무 이유 없이 소리 지르고 증오하고 물건이나 몸을 던지면서 투쟁하는 바보는 없다.

모든 싸움에는 아주 중요한 것이 걸린다. 바로 자존심 또는 자부심이다. 내가 귀하고 우월하다는 걸 증명하려고 싸우는 것이다. 싸움에서 밀리지 않으려고 발악하는 것은 밀리면 자존심 또는 자부심이 밟히기 때문이다. 누구도 아무것도 아닌 일로 싸우지 않는다. 우리는 목숨처럼 중요한 자아를 걸고 싸운다.

그렇다면 싸움을 피하는 근본적인 방법이 나온다. 내가 귀하거나 우월하다고 주장하지 않으면 된다. 상대가 나를 우러러보게 할 생각을 집어치우면 싸우지 않게 된다. 엘리어스는 비행기 사고가 있던 날 그 사실을 깨닫고 허드슨 강에 우월감을 던져버렸다. 자신이 옳고 중요하다는 믿음을 삭제했다. 크게 부풀어 있던 자아에서 바람을 빼니 아내, 가족, 친구와의 다툼이 줄어들고 행복해졌다.

이제는 세 번째 교훈을 이야기할 순서다. 비행기 실내로 강물이 들어올 때 엘리어스는 자신에게 어떤 소망이 가장 간절한지 알게 됐다. 엘리어스는 무섭기보다는 슬펐고 그 슬픔은 생각을 한 곳으로 모았다.

"나는 단 하나만을 원하게 됐어요. 아이들이 크는 걸 볼 수만 있다면 좋겠다고 소원했습니다."

죽음을 마주했을 때 밀려온 가장 큰 슬픔은 자녀 때문이었다. 아이들을 만날 수 없고 돌볼 수도 없다는 생각이 들자 아빠 엘리어스는 마치 어린아이처럼 소리치며 울게 됐다고 한다.

어떤 부모든 자녀를 사랑한다. 그런데 항상 뼈저리게 사랑하는 건 아니다. 때로는 귀찮다. 무책임하거나 무례하면 미워진다. 모든 부모는 자녀를 사랑하지만 조금씩 무관심하거나 싫어하기도 한다. 그런데 위기가 닥치면 정신이 번쩍 든다. 자신이 세상을 떠나야 하거나 아이가 병들면 원초적인 자녀 사랑이 다시 불붙는다.

모든 소중함을 알려주는 것은 상실이다. 잃어버려야 소중함을 알게 된다. 돈, 직장, 아이 가운데 어느 것이 중요한지 비교하는 건 쉽다. 세 가지가 사라졌다고 생각했을 때 가장 가슴이 휑하도록 구멍을 내는 것이 내게 가장 소중하다.

비행기 안의 엘리어스도 상실이 바로 코앞에 닥쳤었다. 아이와 영영 이별할 걸 생각하니 자녀 사랑이 다시 타올랐다. 그간의 무관심이 미치도록 후회됐다. 구조됐을 때 엘리어스는 새로운 아빠가 될 준비가 돼 있었다. 그에게 비행기 사고는 값진 경험이었다. 삶의 끝까지 갔다가 되돌아온 후 엘리어스는 더욱 현명해졌고 삶이 풍성해졌다.

죽음에 앞선
톨스토이, 스티브 잡스, 에디트 피아프의 당부

죽음의 경험에서 성숙해진 엘리어스 이야기를 톨스토이가 들었다면 자기 생각에 딱 들어맞는 사례라면서 기뻐했을 것이다. 톨스토이는 이런 말을 했다.

"죽는다는 걸 기억하라. 이것은 아주 중요한 말이다. 우리가 곧 불가피하게 죽는다는 사실을 마음에 담으면 삶이 완전히 달라질 것이다. 30분 후에 죽는다는 걸 아는 사람이 있다고 하자. 그는 30분 사이 사소한 일이나 바보 같은 일 그리고 무엇보다나쁜 일을 하지 않을 것이 분명하다.

아마 당신은 죽기 전까지 50년이 남았을 수 있다. 그런데 50년과 30분이 뭐가 그렇게 다른가?"

우리는 영원히 살지 않는다. 그 사실을 자꾸 잊어버릴 뿐이다. 죽는다는 사실을 기억하면 나쁘거나 어리석게 생을 허비하지 않을 것이다. 현명하고 충만한 삶을 살게 된다.

문제는 남은 인생의 길이다. 30분 후에 죽을 것 같으면 사람은 눈 깜짝할 사이에 현명해진다. 당장 다툼과 비난과 거짓말을 멈출 것이다. 그런데 50년을 더 산다고 생각하면 게으른 부자처럼 느긋해져 어리석고 나쁜 짓을 지속하게 된다. 행복하고 현명한 삶을 미루게 되는 것이다.

하지만 50년은 긴 시간이 아니다. 100살 노인에게도 인생은 쏜살처럼 지나간다. 죽을 때 돌아보면 1년은 1초와 다르지 않다. 곧 죽을 것으로 생각하는 사람이 더욱 현명하고 행복해진다. 미국의 기업인 스티브 잡스는 스탠퍼드 대학교 졸업식에서 톨스토이와 비슷한 말을 했다.

"곧 죽는다는 사실을 잊지 않는 게 내가 찾은 가장 중요한 수단입니다. 나는 그것 덕분에 인생 최대의 선택을 할 수 있었어요. 다른 사람들의 기대, 모든 자만심, 실패하거나 창피당하지 않을까 두려워하는 마음 등 모든 것이 죽음 앞에서는 다 사라지고 진정으로 중요한 것만 남게 됩니다."

잡스는 졸업식에서 연설하기 1년 전에 췌장암 진단을 받았었다. 곧 죽을 게 분명했다. 공포스럽고 불안했을 것이다. 그런데 죽음이 다가오니 정말 중요한 것이 무엇인지 선명하게 볼 수 있었다. 대체로 삶의 마지막에는 후회하게 마련이다. 프랑스의 가수 에디트 피아프Edith Piaf는 숨지기 전 이런 말을 남겼다.

"살면서 저질렀던 모든 바보짓은 결국 값을 치르게 된다."

47살에 숨진 에디트가 여동생에게 남긴 유언이다. 그녀도 후회를 마음에 가득 담고 세상을 떠난 듯하다. 죽음의 순간에 값을 치르지 않으려면 사는 동안에 어리석은 짓을 줄여놓아야 한다. 죽는다는 걸 잊지 않으면 도움이 될 것이다. '메멘토 모리'는 '반드시 죽는다는 걸 기억하라'는 뜻의 라틴어다. 불가피한 죽음에 가까워졌다고 믿는 것이 삶의 지혜다. 인생을 바꾸고 싶어질 것이다.

이제는 독자들이 상상할 차례다. 내가 타고 있는 비행기가 뭔가에 충돌해 엔진이 고장 났다. 비행기가 물 위에 떨어졌고 놀란 승객들이 비상문을 열었더니 차가운 강물이 밀려왔다. 큰일이다. 죽음이 임박했다. 만일 죽지 않고 구조된다면, 당신은 삶을 어떻게 바꾸고 싶을까. 그 바람대로 살면 우리는 더 좋은 사람이 될 수 있다.

내가 사소한 존재라는 걸
기억하라

바다에서 76일 표류한
스티븐 캘러핸

해양 모험가 스티븐 캘러핸Steven Callahan은 이혼하게
됐다. 이혼은 이유가 무엇이건 무척 괴로운 인생의 사건이다. 그
는 비참한 마음에서 벗어나려고 배를 타고 세계 여행을 떠났다.
그런데 여행이 이혼보다 훨씬 힘든 일이 되고 만다. 배를 끓아가
면서 76일 동안 바다에 표류하는 무시무시한 고난이 기다리고
있었다.

1981년 캘러핸은 미국 로드아일랜드주의 뉴포트를 떠나 영
국을 거쳐 스페인에 다다랐다. 모든 재산을 처분해서 선박 설계

사인 자신이 직접 설계하고 만든 배 '나폴레옹 솔로'를 타고서 였다. 1982년 1월 다시 대서양을 건너 아메리카로 향했다. 아프리카 북서부의 카나리아 제도에서 출발해서 카리브 해 앤티가 섬에 가는 게 목표였다.

모든 것이 순조로웠다. 그런데 항해 6일째 사고가 일어나면서 지옥문이 열렸다. 폭풍우가 몰아치던 늦은 밤, 나폴레옹 솔로가 뭔가 커다란 것에 부딪혔다. 고래였다. 고래도 다쳤겠지만, 나폴레옹 솔로는 치명타를 입고 말았다. 선체에 구멍이 뚫리고 바닷물이 홍수처럼 밀려 들어왔다.

캘러헌이 잠에서 깨어났을 때 몸은 이미 흠뻑 젖어 있었다. 수리고 뭐고 불가능했다. 배가 금방 가라앉을 게 분명했다. 급히 구명정을 펼쳤다. 구명정이라고 해봐야 지름이 1.6미터 정도로 수영장의 고무 튜브와 비슷했다. 캘러핸은 목숨을 걸고 바다로 뛰어들었다.

아무것도 없는 구명정에 생존에 필요한 것들을 옮겨야 했다. 캘러핸은 가라앉는 배 내부로 들어갔다. 바닷속으로 들어가자 고요했다. 아무 일도 없는 것만 같았다. 캘러헌은 조용한 무덤으로 들어가는 기분이었다고 회고했다.

다행히 배에서 중요한 것들을 건져 올렸다. 적은 양이지만 식량과 물을 챙겼다. 또 짧은 작살과 총, 조명탄, 침낭도 가져왔다.

무엇보다 바닷물을 증발시켜 식수를 만드는 태양 증류기를 건진 건 천운이었다.

하지만 어디로 가야 할지 방향도 몰랐다. 내일 어떤 일이 벌어질지도 알지 못했다. 하루하루 연명했을 뿐이다. 물은 태양 증류기를 이용해 소량을 만들 수 있었다. 또 작살로 물고기와 새를 잡아서 배를 채웠다. 불을 피우는 것이 불가능했으니 생식을 해야 했지만, 뭐든 먹을 수 있는 게 고마웠다. 파도가 쳐서 물이 들어오면 몇 시간이고 빈 깡통으로 물을 퍼냈다.

그 좁은 곳에 갇혀서 매일 같은 일을 반복했다. 그리고 매일 목이 마르고 배가 고픈 걸 참아야 했다. 곧 죽을 수 있다는 공포감을 느끼지 않은 날이 하루도 없었다. 망망대해를 떠다닐 때 기분이 어땠을까. 캘러핸이 뼈저리게 느낀 감정은 후회였다고 한다.

"나중에는 생각할 시간이 많았다. 내가 했던 모든 실수를 후회했다. 나는 이혼했다. 사람 관계에서도 모두 실패했다. 사업도 실패했고 심지어 항해도 실패했다."

아무것도 제대로 한 게 없는 실패자라는 자책이 대서양 표류자를 괴롭혔다. 인생을 엉망으로 살아온 것도 부끄러운데, 이제 바다 한가운데서 외롭게 죽을 처지가 됐으니 더욱 한심했다. 캘러핸은 자신이 무슨 일에든 실패하는 바보 같고 못난 존재 같았다.

날이 갈수록 상황은 나빠졌다. 구명정이 열대 지역으로 흘러가면서 날씨가 점점 더워져 탈수 현상이 일어났다. 태양 증류기도 고장 나버렸다. 물이 3캔밖에 남지 않았다. 그 물을 다 마시면 이제는 끝나는 것이다. 몸은 극도로 쇠약해졌고 정신도 흐려졌다.

그래도 살고 싶었다. 세상으로 돌아가 실패한 모든 것을 바로잡길 갈망했다. 운도 지지리 없는 인생이라고 생각했는데 기적 같은 일이 일어난다. 카리브 해 과들루프 섬 근처에서 한 어부가 다가와 그를 구조한 것이다. 대서양을 둥둥 떠다닌 지 76일째 되던 날이었다.

넓은 바다에 떠 있는 작은 구명정을 어부는 어떻게 발견했을까. 기막힌 사정이 있다. 캘러핸이 정말 혼자였다면 구조될 수 없었다. 캘러핸이 버린 생선 내장으로 배를 채우려고 새들이 구명정 주변에 모여들어 있었다. 그 새들을 보고 호기심을 느낀 어부가 접근한 것이다. 덕분에 곧 죽을 위기의 캘러핸은 구조됐다. 당시 그의 체중은 3분의 1이 빠진 상태였고 다시 제대로 걷기까지 6주가 걸렸다.

기적처럼 생환한 캘러핸은 표류 경험에서 깨달은 교훈을 책으로 펴내 세계적으로 유명한 베스트셀러 작가가 된다. 눈길을 끄는 교훈 가운데 한 가지는 겸손이다.

"바다에서는 나 자신의 사소함에 대해 생각하게 된다. 모든 인간은 사소하다. 끝없이 겸손해지는 건 아주 놀라운 감정이다."

인간은 존엄하지만 강아지와 풀 한 포기도 인간 못지않게 존귀하다. 인간은 자연의 작은 일부분에 불과하다. 망망대해에서 파도에 떠밀려 다니는 사람은 더욱 그렇다. 나뭇잎 혹은 먼지와 다를 게 없다. 캘러헌처럼 '아, 나는 대단하지 않구나'라고 생각하면 비참할까. 아니다. 겸손하면 편안하다. 존재가 작으니까 고통도 따라서 줄어든다. 끝없이 작아지면 끝없이 편안해진다.

캘러핸은 감사함도 깨닫는다. 욕심도 버리고 고마워하게 됐다. 표류 경험 전에는 물건과 안락함에 대한 욕심이 컸다. 언제나 음식, 옷, 돈을 갈망했고 얻지 못하면 좌절감을 느꼈다. 그런데 표류를 겪은 후에는 '낯선 풍요'를 얻었다고 한다.

"나의 역경은 낯설고도 중요한 풍요를 줬다. 통증, 절망, 배고픔, 목마름, 외로움이 없는 모든 순간을 소중히 여기게 됐다."

많은 사람이 표류 전의 캘러핸과 비슷하다. 돈을 많이 모으고 옷을 충분히 사며 맛있는 음식으로 배를 한가득 채워야 행복하다고 생각한다. 죽음 가까이 갔던 캘러헌은 가치관이 달라졌다. 아프지 않으면 고마운 것이다. 배고프지 않고 목마르지 않은 때가 행복의 시간이다. 외로워서 눈물을 흘리지 않는 것만도 감사하다.

캘러핸이 고난 끝에 얻은 교훈은 간단히 정리할 수 있다. '사소한 존재인 나는 주어진 것에 감사하게 됐다'는 게 그의 메시지다. 자신이 위대하다고 믿는 사람은 항상 목마르고 배고프다. 자신이 사소한 존재라고 겸손하게 자각해야 갈증에서 벗어난다고 캘러핸이 알려준다.

감사하고 긍정하라는
부모의 유언

삶의 끝까지 갔다 돌아온 캘러핸은 우리에게 겸손하고 감사한 마음으로 살아야 한다고 알려줬다. 삶의 끝에 섰던 여러 사람이 비슷한 말을 했다. 여기서는 세상을 떠난 한 엄마와 어느 아빠의 유언을 소개한다.

미국인 재클린 진Jacqueline Zinn은 뇌종양 진단을 받았다. 그녀에게는 남편과 자녀들이 있었다. 철인3종경기로 단련된 몸이었지만 병마는 훨씬 막강했고 사랑하는 가족과 이별해야 했다. 2013년 죽음이 임박하자 진은 가족에게 편지를 썼다. 아래는 자신이 죽은 뒤 19살 딸에게 전해달라고 했던 편지 중 일부다.

"네가 아직 어린데 엄마가 더 살지 못해서 너무 미안해. 조금이라도 더 살려고 거의 모든 것을 다 했다는 걸 알아줘. 엄마는 침도 맞고 수없이 기도도 했어. 하지만 더 살 수 없게 됐구나. 그래도 불만은 전혀 없단다. 사는 동안 환상적인 삶을 보냈기 때문이야. 나는 흑색종이라는 병도 이겨냈어. 또 웨스트버지니아와 더럼에서 차 사고가 났지만 죽지 않았어. 나는 이미 오래 살았고 지금까지 매 순간 깊이 감사하면서 보냈단다. 너도 감사하면서 살도록 애써봐. 행복한 사람이 될 수 있을 거야."

엄마 진은 꼭 살고 싶었다. 어떻게든 살아서 아이들 곁에 있고 싶었다. 그래서 뭐든지 했다. 수술과 방사선 치료와 화학 요법을 마다치 않았고 침까지 맞고 매일 기도했다. 하지만 아무 소용이 없었다.

어느 나라든 엄마의 마음은 같다. 자식에게 뭐든지 주고 싶은 것이다. 삶의 끝에서 진이 딸에게 준 것은 행복한 인생의 비결이다. 엄마인 자신은 병에도 걸리고 교통사고도 당했으며 또 일찍 세상을 뜨지만 감사하다고 했다. 딸에게도 삶을 감사하며 살라고 당부했다. 그래야 행복할 수 있기 때문이다. 100가지 말을 하고 싶었을 엄마가 딱 하나 고른 것이 감사의 마음이다. 영원히 못 볼 딸에게 준 엄마의 마지막 선물이다.

미국의 한 아빠가 3살 아이에게 남긴 유언도 비슷하다. 항상 긍정적인 마음으로 살라고 당부했는데, 그 아빠의 편지는 2011년 미국의 인터넷 커뮤니티에 공개됐다. 익명의 아빠는 백혈병과 오래 싸웠지만 결국 숨을 거두게 됐다. 무엇보다 3살 아들 크리스토퍼가 걱정이었다. 아빠는 아들이 커서 읽을 수 있게 편지를 썼다.

"아빠가 아픈 걸 용서하기 바란다. 또 네가 필요할 때 같이 못 있는 것도 용서해다오. 다만 네가 알아줬으면 해. 아빠는 너를 정말 사랑해. 울음이 터져서 이 편지를 쓰는 일이 무척 힘드네. 네가 이 편지를 읽을 때 아빠가 세상에 없다고 생각하니 울지 않을 수 없구나. 슬픔이 마음을 짓누르고 눈물이 얼굴을 타고 흘러. 아빠는 네가 인생의 문제를 회피하지 말고 직시하기를 바란다. 그렇게 하면 긍정적인 시각을 갖게 될 거야. 인생의 밝은 일들을 생각하렴. 나쁜 일이 생겨도 곧 괜찮아질 거야."

아빠가 편지를 쓰는 동안 옆에서 3살 크리스토퍼는 장난감 활을 쏘면서 놀고 있었다. 활짝 웃으며 정신없이 뛰어노는 아들을 본 아빠는 더욱 슬펐다. 저 예쁜 모습을 오래 볼 수 없어서 원통했다. 해맑은 아이 얼굴에 그림자가 드리울 것도 미안했다. 속절없이 죽어야 하는 아빠는 눈물을 흘리면서 편지를 썼다. 울면서 아들에게 말해준 행복의 비결은 긍정적 태도다. 삶의 밝은 면을 보라고도 했다. 달리 말해서 감사하고 기쁜 걸 생각하면서 불행을 이겨내라는 의미다. 아빠는 아이가 밝고 행복하길 기원하면서 눈을 감았을 것이다.

진부한 말이 진리다. 감사하면 행복하다. 많은 부모님과 선생님과 책들이 그걸 강조한다. 그런데 이상하게도 감사하는 게 어렵다. 왜 우리는 감사하지 못할까. 삶의 어두운 면만 보면서 불만하고 괴로워하는 이유는 무엇일까.

감사하지 못하는 이유는 겸손하지 않아서다. 자신을 과대평가하면 겸손할 수가 없다. 자기가 더 많이 갖고 더 높이 올라가는 게 당연하다고 믿는데 어떻게 현재에 감사할 수 있을까.

겸손한 사람이 감사하다. 자신이 대단치 않다는 걸 인정하면 작은 것에도 기쁘고 좀 힘들어도 삶을 긍정하게 된다.

물론 무가치한 존재라는 건 아니다. 나도 소중하지만, 남들보다 훨씬 소중하진 않다는 의미다. '나는 소중하고 사소한 존재다'라고 생각하면 겸손해지고 겸손해지면 감사하게 된다.

그런데 내가 가진 재산과 재능 그리고 내 곁의 사람들에게 깊이 감사해야 행복하다는 것을 알면서도 불만과 좌절과 욕망에 휩싸일 때가 많다. 겸손해지지 않는다. 더 많은 것을 손에 쥐고 훨씬 더 높은 곳에 올라야 하는 존재라고 자신을 과대평가하게 된다.

그럴 때는 나보다 불운한 사람들의 운명을 떠올리면 도움이 된다. 두 달 보름 동안 바다에서 표류했던 남자가 있었다. 굶주림과 공포에 시달렸던 그는 절망감이 없고 배고프지 않으면 감사해야 하는 걸 깨달았다고 했다.

한 엄마는 19살 딸에게 쓴 마지막 편지에서 힘든 인생일지라도 감사해야 행복한 사람이 된다고 당부했다. 또 어느 아빠는 3살 아들과 놀고 이야기하는 감사한 시간이 곧 끝나는 것이 서러워서 눈물방울을 뚝뚝 흘렸다.

그들은 나보다 열등한 사람이었을까. 물론 아니다. 다만 불운했을 뿐이다. 운이 없어서 바다에서 죽을 뻔했고 운이 나빠서 사랑하는 아이들과 일찍 헤어져야 했다. 나는 그들보다 우월하지 않다. 다만 운이 좋을 뿐이다. 불운했다면 일찍 사라졌을 무력한 존재다. 나는 행운 덕분에 먹고 마시고 숨 쉬며 가족과 살고 있다. 고마운 일이다. 이제 행운이 가득한 나의 인생을 감사하게 된다.

끝없는 우울에서
벗어나고 싶다면

희망을 잃고 37살에 삶을 포기한
반 고흐

우울감을 견딜 수 없어서 죽음을 택하는 사람들이 많다. 하지만 반대로 죽음 덕분에서 우울에서 탈출하는 사람도 있다. 먼저 아주 우울하고 슬프고 안타깝게 스스로 삶을 포기한 빈센트 반 고흐Vincent van Gogh 이야기다.

1890년 7월 27일은 평범하게 시작됐다. 프랑스의 조용한 도시 오베르 쉬르 우아즈의 라부 여관에 머물던 고흐는 아침을 먹고 나서 그림을 그리러 밀밭으로 갔다. 해가 질 무렵이면 돌아오는 게 보통이었는데, 저녁 식사 시간이 지나도 고흐가 오지 않았다.

고흐는 밤 9시경 총상을 입은 채 돌아왔다. 당시 상황을 목격하고 기록에 남긴 사람은 여관 주인의 딸인 아들린 라부다. 그녀에 따르면 고흐는 배에 손을 얹고 돌아왔다.

여관 주인이 무슨 일이냐고 물었다. 고흐는 "내가…"라고 얼버무리면서 계단을 올라 자기 방으로 들어갔다. 여관 주인이 따라가 어디 아프냐고 물었다. 고흐는 배의 상처를 보여주며 자살하려고 했다고 말했다. 또 다른 두 사람이 찾아와 총상에 대해 캐묻자 고흐는 이렇게 말했다.

"내 몸은 내 것이고 나는 내 몸에 원하는 걸 할 수 있소. 다른 누구를 비난하지 마시오. 자살을 원했던 것은 바로 나요."

비난받을 사람이 있었다는 말인가. 그렇다면 자살 시도가 아닌 타살 기도 사건이 된다. 하지만 밝혀진 사실은 없다. 연락을 받은 동생 테오가 급히 달려왔는데 그때도 고흐는 정신이 맑았다. 총상의 고통을 견디는 고흐를 보며 동생은 눈물을 흘렸다. 테오는 마지막 순간의 고흐를 이렇게 회고했다.

"고흐는 죽기를 원했다. 내가 침대 옆에 앉아서 그를 낫게 하겠

다고 말했다. 그리고 이런 절망으로부터 구해주고 싶다고도 했
다. 그러자 고흐가 답했다. 슬픔은 영원히 지속할 것이다."

'슬픔은 영원히 지속할 것이다'가 고흐의 유언이다. 자신은
슬픔에서 벗어날 수 없는 운명이니 굳이 살리려 애쓰지 말라는
뜻이다. 의사에게도 같은 뜻을 전했다. 한 의사가 회복할 수 있
다고 말하자 고흐는 '그러면 또다시 자살을 시도해야 할 것'이
라고 답했다.

고흐는 확고히 죽음을 원했던 것 같다. 왜 그랬을까. 여러 가
지 설이 있다. 예를 들면 정신병이 심해졌기 때문이라거나 예술
가로서 좌절을 겪은 게 원인이라는 추측이 있다. 정확한 원인은
아무도 알 수 없지만, 아무튼 그의 마음이 무척 어두웠던 것은
분명해 보인다. 고흐는 총상을 입기 두 달 전에 동생에게 좌절감
을 드러낸 편지를 보냈다.

"나는 모두 휴식이 좀 필요하다고 생각해. 내가 실패했다고 느
껴. 실패를 운명으로 받아들여야 할 것 같아. 앞날은 점점 어두
워지고 있어. 행복한 미래가 전혀 보이지 않아."

고흐는 자신이 화가로서 실패했다고 판단했던 것으로 보인

다. 실패자니까 행복도 기대할 수 없다고 확신했다. 그는 피곤했고 휴식을 간절히 원했다. 결국 고흐는 동생의 품에서 숨을 거뒀다.

자신은 실패했으며 불행한 미래를 피할 수 없다는 믿음이 고흐를 죽음에 이르게 했다. 37살의 나이에 비관에 빠져서 삶을 포기했지만, 그의 마음에 밝은 낙관이 가득했던 시절도 있었다. 아래는 죽음을 선택하기 전 고흐가 읽었다면 좋았을 고흐 자신의 어록이다.

"사람의 마음은 바다와 많이 닮아서 폭풍도 있고 밀물 썰물도 있어요. 그리고 깊은 곳에 진주도 있어요."

"많은 것을 사랑하세요. 그 속에 진정한 힘이 있어요. 많이 사랑하는 사람은 많이 이뤄내요. 그리고 사랑 속에서 하는 일은 모두 잘 되게 마련입니다."

"때론 몹시 어려운 일이 있더라고 용기를 잃지 마세요. 모든 게 다 잘 될 거예요."

희망과 위로의 문장들이다. 이렇게 따뜻하고 낙관적인 말을 남긴 고흐가 우울과 슬픔을 이기지 못하고 안타까운 죽음 속으로 뛰어들어버렸다.

밀러
감전 사고로 팔다리를 잃은 19살

미국의 대학생 BJ 밀러BJ Miller는 고흐와는 반대의 길을 걸었다. 고흐가 우울에 휩싸여 죽음을 향해 떠났다면, 밀러는 사고로 죽음의 위기에서 걸어 나온 뒤 우울을 깨끗이 씻어내고 밝은 사람이 됐다.

사고는 1990년에 일어났다. 밀러는 겨우 19살이었고 프린스턴 대학교 2학년이었다. 친구 몇 명과 술을 마시고 캠퍼스를 돌아다니다가 새벽 3시경에 멈춰 있던 열차 위로 올라갔다. 재미로 한 행동이었는데 전혀 예상하지 못한 사고가 났다. 열차 위쪽으로 지나던 전선의 고압 전류가 밀러의 시계를 타고 들어와 두 발을 통해 빠져나간 것이다.

밀러는 심각한 화상을 입었다. 의사는 부모에게 밀러가 그날 밤을 넘기지 못할 수 있다고 말했다. 다행히 밀러는 살아났지만 큰 대가를 치러야 했다. 시계를 차고 있던 왼팔과 함께 양쪽 발을 잃게 된 것이다.

신나게 뛰놀던 청년이 예기치 못한 사고를 당했고 사경을 헤맸다. 정신을 차리니 몸 일부가 사라져 있었다. 오른팔만 남고 나머지 팔다리는 쓸 수 없는 장애인으로 평생 살아야 하는 처지다. 직업을 못 구하고 낙오할 가능성이 충분했다. 또 연애나 결혼도 불가능할 수 있었다.

밀러는 어떤 생각을 했을까. 자연스럽게 극단적인 절망에 빠졌다. 열차 위에 올라간 바보 같은 짓을 수없이 후회하며 자책했다. 또 밀러는 완전한 실패자라고 스스로 판단하고 삶을 포기할 뻔도 했다.

그러나 밀러는 약한 사람이 아니었다. 팔과 다리를 잃었지만, 용기와 희망까지 모조리 잃지는 않았다. 그는 무섭도록 깊은 절망과 우울감을 이겨냈다.

밀러는 건강을 회복한 뒤 전공을 바꿔 의대에 진학했고 지금은 통증 완화 전문 의사로 일하고 있다. 회복 가능성이 없는 최후 단계의 환자를 돌보는 것이 그의 직무다. 죽음에서 겨우 탈출한 청년은 죽음이 가까운 사람들을 돌보는 의사가 됐다.

밀러는 자주 죽음을 목격한다. 또 곧 세상을 떠날 사람들과 매일 대면하고 대화한다. 종일 죽음과 맞닿아 있을 텐데, 마음이 어두워지지 않을까. 그는 죽음에 대해 깊이 생각하는 삶이 오히

려 밝고 행복하다고 했다. 어째서 그런 것일까. 그 이유에 대해
밀러는 이렇게 말했다.

"그런 (죽음에 대한) 생각은 삶의 우선순위를 정하게 만들어
요. 내게 무엇이 중요하고 또 어떤 것을 버려야 하는지 알게 되
죠. 그렇게 되면 우리는 더 잘 살 수 있고 삶의 후회도 줄어듭니
다."

대부분 사람은 욕심이 심하다. 좋은 것은 다 가지려고 한다.
돈, 건강, 성공, 명예, 만족, 쾌락, 사랑 등 하나도 놓치고 싶지 않
다. 그러나 누구도 모든 것을 다 가질 수는 없다. 우선순위를 세
워서 일부만 추구하는 게 현명하다. 예를 들어 건강과 만족을 최
상위 목표로 선택하고 나머지를 후순위로 두는 것이다. 그는 목
표의 우선순위를 세우게 하는 것이 죽음의 운명이라고 말한다.

결국 죽게 될 테니 제한된 시간 내에 성취할 수 있는 목표를
빨리 선별해야 한다. 목표의 수가 줄어들면 삶이 단순해지고 효
율적이게 된다. 실수와 후회도 줄어든다. 죽음을 전제로 삶의 계
획을 세우면 더 좋은 인생을 살게 된다. 죽음을 자주 생각할수록
삶이 개선되고 마음이 밝아진다. 그것이 밀러가 강조하는 죽음
과 삶의 역설이다.

인상적인 밀러의 경험담이 있다. 그가 도로를 건너려고 달렸는데 당황스럽게도 인공 다리 하나가 빠져버렸다. 인공 다리는 밀러에게서 3미터 거리에 떨어져 있었다. 현장은 순간 혼란에 빠졌다. 행인들은 떨어진 다리를 보고 굉장히 놀라는 표정이었다. 여기저기 달리던 차들은 급제동하면서 멈췄다. 어떤 운전자가 상황을 파악하고 차에서 내려 의족을 가져다가 밀러에게 전해줬다.

길바닥에 쓰러진 채 인공 다리를 받아든 밀러의 심정은 어땠을까. 보통 사람 같으면 창피했을 것이다. 비참한 기분으로 눈물을 삼켰을지도 모른다. 밀러는 달랐다. 그는 크게 웃었다. 어떻게 그랬을까. 죽음에 비하면 일상의 곤란함은 사소하기 때문이다. 다리를 잃고 길바닥에 널브러진 것은 짧은 인생의 작은 해프닝에 불과하다. 죽음에 비하면 무의미에 가까운 일이니까 아무렇지 않게 웃어넘길 수 있었다.

누구나 창피하고 곤혹스러운 상황을 겪는다. 많은 사람 앞에서 실수하면 숨고 싶다. 이를테면 나의 대단치 않은 학력이나 무능 등 약점이 탄로 날 때 얼굴이 뜨거워진다. 내 마음속 두려움과 선망을 들켜도 무척 창피하다. 그런데 별일 아니다. 다리 하나가 몸에서 떨어져 나간 채 길바닥에 쓰러져 있는 것에 비하면 그래도 괜찮은 것이다.

삶에서 겪는 고통, 고민, 고단함은 죽음에 비하면 아무것도 아니다. 우리가 곧 맞을 죽음에 비해서 중요한 슬픔은 없다. 거대한 죽음의 문제 앞에서 인생의 모든 것은 의미가 작다. 그렇게 생각하면 마음이 밝아진다. 우울해지지 않고 웃어넘길 수 있게 된다.

열차 지붕에 올랐다가 팔다리를 잃은 미국 청년은 평생 죽음에 대해 깊이 생각하는 의사가 됐다. 밀러는 '머지않아 죽는다'는 생각이 우리를 현명하고 가볍게 만든다고 했다. 영원히 살듯이 생각하는 사람의 삶은 무겁고 기쁨이 없다. 밀러의 이야기는 이쯤에서 정리하면서 유명한 조언을 하나 살펴보면 좋겠다. 인도의 마하트마 간디Mahatma Gandhi가 한 말이다.

"내일 죽을 것처럼 살아라. 그리고 영원히 살 것처럼 배워라."

내일 죽는다고 생각하면 오늘을 의미 있게 살게 된다. 순간순간 놓치거나 허비하고 싶지 않을 것이다. 이를테면 마지막 식사라고 생각하며 밥을 먹고, 최후의 대화처럼 말하고 들으면 관계가 풍요로워진다. 그런데 배움의 문제는 다르다. 내일 죽으면 배워봐야 의미가 없다. 반대로 오늘 익히고 깨달은 것을 영원히 활용한다고 생각할 때 배움의 집중도가 높아진다. 내 생명이 영원할 것처럼 상상하며 배워야 한다.

나는 간디의 조언을 자주 떠올린다. '나는 내일 죽는다'라고 생각하면 24시간도 남지 않은 내 인생의 시간이 아까워서 화를 내거나 절망하면서 허비하기 싫어진다. 곁에 있는 사람들을 더 깊이 사랑해야겠다는 생각도 든다. 더 놀라운 변화는 마음이 뜨거워지고 감각이 예민해지는 것이다. 내게 주어진 시간이 곧 증발해 사라진다는 것과 내 존재가 점점 사라지는 것도 느낄 수 있다. 내일 죽는다고 생각하면 내 인생과 나 자신이 한없이 소중해진다.

고흐처럼 자신이 실패자고 희망도 없는 존재라고 믿게 될 때, 내일 죽는다고 최면을 걸면 오늘의 삶이 행복해진다. 그리고 내일이 오면 또다시 같은 최면을 걸면 된다. 죽음이 곁에 바싹 붙어 있다고 상상할 수 있는 사람이 삶을 사랑할 수 있다.

7장

나를 삶의 끝에 세우니

화나고 억울한 마음이

부질없음을

깨달았다

매일 화나고 억울해서
미칠 것 같을 때

죽음 앞에서
그리워지는 음식

"체온을 유지하려고 애를 썼어요. 물은 거의 없고요. 난 깊은 위험에 빠져 있어요. 내 몸이 체온 유지를 못 해요. 자동차는 4시간 거리에 있어요. 한 손으로 오르는 건 불가능하겠죠. 팔을 떼버리면 피가 너무 흘러 탈수돼서 죽을 것 같아요. 내가 왜 이런 데 왔는지 모르겠어요. 그래도 모험이나 위험을 즐기면 살아있는 기분이었어요. 여기 오는 걸 아무에게도 말하지 않은 건 바보 같았어요. 자몽 주스, 마르게리타, 사탕, 오렌지 주스, 감귤 생각을 멈출 수가 없어요."

산악인 랠스톤이 홀로 죽음의 공포를 겪으며 녹화한 가족에게 보내는 마지막 인사다. 정신이 흐렸던 그의 유언은 두서가 없지만 절절하다.

랠스톤은 후회와 절망의 감정에 휩싸여 있었다. 그런데 죽도록 무서웠던 순간 그의 머릿속에 음식이 떠올랐다. 드문 일이 아니다. 죽음을 앞두고 음식을 생각하는 건 오히려 본능에 가깝다. 음식 관련 유언을 남긴 사람들이 많다.

미국 배우 루 코스텔로Lou Costello의 유언은 "그건 내가 먹어본 최고의 아이스크림소다였어요"다. 차가운 탄산음료에 아이스크림을 얹어 만드는 게 아이스크림소다다. 코스텔로는 달콤한 맛을 느낀 후 세상을 떠났다.

그런데 달콤한 음식보다 인기 높은 것이 있다. 알코올이다. 미국의 위스키 사업가인 잭 대니얼Jack Daniel은 숨지기 전에 "마지막 한 잔을 부탁해요"라고 했다. 그는 자신이 인생을 쏟아서 만들었던 술을 마신 후에 영면했다. 핀란드의 가수 주스 레스키넨Juice Leskinen은 "와인을 주세요"가 유언이었다. 또 러시아 소설가 안톤 체호프Anton Chekhov는 치료할 수 없다고 판단한 의사가 준 샴페인을 마시고는 이렇게 말했다. "샴페인을 아주 오랫동안 못 마셨어요."오랜만에 마신 샴페인이 그에게 마지막 행복감을 줬을 것이다.

일본에서 가장 유명한 음식 관련 유언은 12살 소녀가 남겼다. 2차대전 때 히로시마에 떨어진 원자폭탄에 피폭돼 백혈병으로 숨지게 된 소녀는 일본 요리 차즈케를 먹은 후 "맛있어요"라고 말했는데 그것이 마지막 말이 됐다.

동서양을 넘어 맛있는 음식은 말 그대로 소울푸드다. 마지막 순간에 우리의 영혼이 간절히 원하는 것이 맛있는 음식이다. 꼭 죽음이 아니어도 힘든 일에 처하면 사람들은 음식을 찾게 되는데 이 역시 음식이 위장이 아닌 영혼의 친구라는 걸 증명한다.

한쪽 팔을 포기한 27살 산악인
랠스톤

미국인 아론 랠스톤Aron Ralston은 평범한 도시인이었다. 카네기멜런대학에서 공학을 전공한 뒤 인텔사에 취직해서 다른 도시인처럼 순탄하게 지냈다. 하지만 그의 마음이 자유와 모험을 열망했고 도시를 떠나지 않을 수 없었다.

랠스톤은 산을 선택했다. 처음에는 구조대에 자원했다가 나중에는 등산용품 판매점에서 일하며 등반 안내원 일도 했고 얼마 지나지 않아 전문적인 산악인이 됐다. 모험적이고 독립적이었던 랜스톤은 콜로라도에 있는 4,200미터가 넘는 산 45개에 올랐는데 모두 혹독한 겨울철이었고 혼자였다. 겨울 산에 혼자 간다는 건 아주 위험하다. 랜스톤도 경험을 통해 알게 됐다.

한 번은 겨울 산에서 친구들과 스키를 타다가 눈사태를 만났다. 산더미 같은 눈이 쏟아지면서 랜스톤은 얼굴만 빼고 목까지 파묻혔다. 친구가 달려와 도와주지 않았다면 생명을 잃었을 것이다. 홀로 떠나는 모험은 운치는 있겠지만 큰 위험이 따른다.

그런데 랜스톤은 그날도 혼자였다. 2003년 미국 유타주의 블루존 캐니언이었다. 27살 청년 산악인은 혼자 계곡 하강을 즐기고 있었다. 그런데 생각지 못한 사고가 일어났다. 위에서 바위가 떨어져 오른쪽 팔이 계곡 벽과 바위틈에 끼고 만다. 아무도 도와줄 사람이 없었다.

바위가 랜스톤의 머리나 몸통에 떨어지지 않은 건 다행이었다. 하지만 곧 죽을 가능성은 매우 컸다. 바위에 낀 팔에서는 출혈이 있었다. 어떻게든 빨리 팔을 빼내야 살 수 있었다. 처음에는 주머니칼로 바위를 갉아서 팔을 빼려고 애를 썼지만 소용없었다. 그다음에는 등반 장비를 이용해 바위를 묶어서 들어 올리려고 시도했지만 역시 실패했다.

3일째 되는 날에는 팔을 포기해야 한다는 생각이 들었다. 주머니칼을 이용해 팔을 분리하려고 시도했다. 이루 말할 수 없는 고통이 밀려왔다. 5일째 되는 날에는 무딘 칼날로는 어찌할 수 없는 팔뼈를 자신이 부러뜨리기로 했다. 위아래로 그리고 좌우로 반복적으로 몸을 틀고 밀어붙여서 부러뜨렸다. 상상하기 힘든 고통을 참지 않고서는 해낼 수 없는 일이었다. 하지만 살기 위해서는 자신의 팔을 직접 떼어내는 수밖에 없었다.

한쪽 팔을 포기하고 자유를 얻었지만, 고난이 끝난 게 아니었다. 한 손으로 20미터를 하강해야 했다. 그다음으로는 자신의 차까지 13킬로미터를 가야 이 지옥을 탈출할 수 있었다. 5일이나 굶다시피 해서 체력이 거의 남아 있지 않았다. 팔의 통증도 심했다. 그래도 지체할 수 없었다. 지혈이 완전치 못해 차를 몰고 병원에 도착하기 전에 과다 출혈로 생명을 잃을 수도 있었다.

랠스톤은 운이 좋았다. 하이킹을 온 네덜란드 가족을 만나 도움을 받아서 구조되기에 이른다. 아슬아슬했다. 전체 혈액 중 20퍼센트 이상을 잃은 상태였고 체중은 18킬로그램이 줄었다. 조금만 더 늦었다면 죽었을지도 모른다.

랠스톤에게는 초인적이라거나 위대하다는 수식어가 과장일 수 없다. 덫에 걸려 점점 죽어가는 산짐승 같은 처지였던 그는 최후의 순간에 자신의 일부를 포기함으로써 살았다.

랠스톤은 다행히 죽지 않고 살아서 맛있는 음식들을 실컷 먹을 수 있었다. 게다가 이 사고가 책과 영화를 통해 널리 알려지면서 꿈도 꾸지 못한 세계적인 유명인이 됐다. 베스트셀러 작가로 돈도 벌고 명성도 얻었다.

벼락스타가 된 그는 희망의 증거다. 랠스톤을 덮친 바위처럼 난데없는 기습이 불운만은 아니다. 행운도 예고 없이 우리를 찾아온다. 크고 작은 행운이 숨어서 기다리다가 강아지처럼 우리에게 안길 수도 있다. 곁에 행운이 숨어 있다고 생각하면 기분이 좋아진다.

스스로 행운아라고 부르는 랠스톤은 고난을 통해서 세 가지를 깨달았다. 먼저 자신에게 가장 중요한 것이 무엇인지 알게 됐다. 바로 가족이었다. 계곡에 갇혀 있는 동안 사랑하는 가족들 하나하나가 눈앞에 선명하게 나타났다. 가족을 생각하니 눈물 나게 슬펐지만, 힘도 생겼다. 어떻게든 살아서 가족을 만나고 싶었던 갈망이 그를 일으켰다. 기적적인 생환의 밑바탕에는 가족애가 있었다.

두 번째 깨달음은 자신이 가진 큰 힘이다. 자기에게 그렇게 강인한 생명력과 용기가 있을 거라고는 이전에는 상상하지 못했다. 랠스톤만 무지한 것이 아니다. 우리도 자기 능력의 참모습을 알지 못한다. 누구나 경험할 증거가 있다. 처음에는 감당 못 할 것 같은 일도 우리는 끝내 견뎌낸다. 이를테면 연인이나 재산 등을 다 잃으면 내 인생이 끝날 것 같지만 결국 우리는 건재하다.

생각보다 우리는 훨씬 강한 존재다.

세 번째로 살아있는 것이 기적이라는 깨달음이다. 팔이 바위에 낀 그는 자신이 점점 죽어가는 걸 느꼈다. 그런데 갈수록 약해지는 생명의 불꽃이 갈수록 아름다워 보였다. 잃어버릴 뻔했기 때문에 생명이 얼마나 경이로운지 알게 됐다. 삶의 끝에서 삶의 아름다움을 본 것이다.

우리도 일상에서 비슷한 걸 경험한다. 아파봐야 나의 건강이 경이롭다. 외로워야 친구가 더욱 예뻐 보인다. 죽을 때가 돼서야 인생이 아름답다. 우리는 상실 덕분에 경이와 아름다움에 눈을 뜨게 된다. 안타깝다. 왜 우리는 그렇게 뒤늦게 깨달아야 할까.

현실을 인정하는 것과
생각의 유연성

랠스톤은 놀랍도록 강한 생명력을 가졌다. 그 생명력의 비밀은 무엇일까. 랠스톤의 어떤 태도가 기적적 생존을 가능하게 했을까. 일상에서 크고 작은 고난을 겪는 우리에게도 유익할 정보다. 미국의 심리학자 알 시버트Al Siebert는 이렇게 말했다.

"탁월한 생존자는 현실을 빠르게 읽는다. 끔찍한 일이 일어나도 상황을 있는 그대로 받아들인다. 화를 내는 것은 중요한 에너지를 낭비하는 일이다. 억울한 희생자라고 한탄하면 죽을 확률이 더 높아진다."

랠스톤도 계곡에 갇히고 처음에는 화가 났다. 자신의 처지가 억울하다고 생각했다. 만일 그런 소모적인 감정에 오래 빠져 있었다면 그는 살아 돌아올 수 없었을 것이다. 다행히 랠스톤은 빠르게 현실을 받아들이고 탈출의 길을 이성적으로 모색했다.

나 또한 화가 날 때가 있다. 이를테면 전혀 예상하지 못한 상황에서 아이가 대들고 나서면 당황스럽고도 화가 난다. 또 친구에게 여러 번 카톡을 보냈는데 읽고도 무응답이면 혼자 화가 난다. 나 자신에게 화가 날 때도 있다. 며칠 동안 공들여 글을 쓰고 만족했지만, 일주일 후에 다시 읽으면 완전히 엉터리 글일 때 나 자신의 무능함에 화가 치민다.

억울한 기분도 가끔 느낀다. 아내가 내가 좋아하는 매운 닭 날개가 아니라 아이가 선호하는 달콤한 치킨을 주문할 때 화도 아니고 서운함도 아닌 억울한 감정을 느낀다. 내가 원하는 치킨도 먹지 못한다는 생각에 억울해지는 것이다. 또 책을 냈는데 세상 사람들이 외면해도 억울한 희생자라도 된 느낌이 든다.

그렇다고 나는 부끄럽지 않다. 화를 내고 억울해해도 된다고도 생각한다. 종교와 양심의 자유만 있는 게 아니다. 누구나 감정의 자유가 있다. 어떤 감정을 갖거나 말거나 나는 정당하다.

문제는 분노와 억울함을 느끼는 동안에는 현실 문제를 해결할 수 없다는 데 있다. 버릇없는 아이나 카톡 예절을 모르는 친구에게 화내면서 말해봐야 상황은 더 나빠진다. 내가 속으로 억울해하며 눈물을 삼킨다고 달콤한 치킨이 매운 닭 날개로 배달되지 않는다. 또 나의 분노나 억울한 심정이 내 글의 수준을 높이지도 못한다.

문제 해결은 감정이 사라진 후부터 시작된다. 분노나 억울한 마음을 빨리 씻어내고 현실을 인정하는 순간부터 가족 관계나 친구 관계 그리고 나 개인의 능력을 개선할 방법을 알게 된다. 위에서 소개한 시버트가 "탁월한 생존자는 현실을 빠르게 읽는다. 끔찍한 일이 일어나도 상황을 있는 그대로 받아들인다"라고 했던 말이 맞다.

분노, 슬픔, 억울함, 공포 등의 감정을 빨리 씻어버리고, 현실을 인정하고 이성적으로 해결책을 찾아야 생존할 수 있다. 바위에 팔이 낀 산악인도 그렇고 큰 기업의 사주도 그럴 것이다. 물론 매운 치킨을 좋아하는 프리랜서 작가라고 해서 다르지 않다.

협곡에서 죽을 뻔한 산악인 랠스톤을 살린 첫 번째는 현실을 빠르게 인정하는 태도다. 두 번째는 생각의 유연성이다. 캐나다 브리티시 컬럼비아 대학교의 심리학 교수 피터 슈드펠드Peter Suedfeld는 이렇게 분석했다.

"생존자의 가장 중요한 특징은 사고의 유연성이다. 큰 스트레스 아래에 놓이는 사람은 경직돼서 생존 확률이 낮아진다. 생존자는 적응력이 극도로 높은 사람이다. 즉흥적으로 대응하는 방법을 안다. 하나의 방법이 통하지 않으면 다른 것을 시도한다. 열린 마음을 갖고 선택 가능한 조건을 찾고 전략을 발전시킨다."

위기를 맞으면 보통 사람의 생각은 딱딱하게 굳어버린다. 사고의 유연성을 잃어버려서 다양한 각도에서 현실을 보기 어렵다. 하지만 랠스톤 같은 탁월한 생존자는 다르다. 유연하게 생각하고 다양한 시도를 하는 것이 생존자의 큰 특징이다. 그는 탈출하기 위해서 수십 가지의 시나리오를 짜고 하나하나 실행에 옮겼다. 바위를 칼로 긁는 것에서 시작해서 바위를 들어 올릴 시도를 했으며 결국 팔과 자신을 분리하는 걸 선택한다. 랠스톤은 시간이 갈수록 점점 발전했다. 덫에 걸려서 꼼짝할 수 없으면서도 갈수록 현명해져서 끝에는 해법을 찾아냈다.

누구나 덫에 걸린 기분일 때가 있다. 부자나 빈자 그리고 강자나 약자도 힘겨운 상황에 갇히게 된다. 그럴 때 화나거나 슬프거나 억울한 마음을 방치하면 위험하다. 먼저 뜨거운 감정을 가라앉히고 현실을 냉정하게 받아들인 후 유연하게 해결책을 모색해야 한다. 그래야 죽지 않고 살아남을 수 있다.

끔찍한 환경이라고
모두 괴물이 되진 않는다

마지막 편지

나는 이 책을 쓰려고 유서를 약 200편 정도 찾아 읽었다. 유서마다 배경이 다양했고 사연도 아주 가지각색이었는데, 가장 마음이 불편했던 게 있다. 그것은 자살 테러리스트의 마지막 편지였다. 연민과 분노를 유발하는 유서다.

레바논 출신 26살 지아드 자라Ziad Jarrah는 유복한 환경에서 자라나 독일의 함부르크대학교에 다녔다. 가족들과 가까웠고 친구도 많았다. 자라는 유별난 게 없는 평범하고 행복해 보이는 청년이었다. 그런 자라가 2001년 9월 11일 미국의 비행기를 납치

한다. 미리 미국에서 비행 조종 훈련을 받은 후였다.

자라와 일당 테러범들은 비행기를 미국 백악관 건물에 충돌시키는 것이 목적이었다. 그런데 승객들이 극렬히 저항하는 바람에 뜻을 이루지 못하고 비행기는 펜실베이니아의 한 농촌 지역에 추락했다. 당시 비행기를 조종했던 사람이 자라였으며 추락으로 40명가량의 탑승자 전원이 숨졌다.

이 무자비한 테러를 저지르기 전날 자라는 눈물 어린 편지를 써서 미국에서 독일로 부쳤다. 수신자는 의대생이던 연인이었다. 반송돼 FBI 손에 들어간 편지를 보면, 자라는 자신이 정당한 임무를 수행하다 죽게 될 것을 고백하고 못다 한 사랑을 하늘에서 이루자고 기약한다.

"내가 온 마음으로 사랑한다는 걸 당신이 알아주기를 원해요. 당신에 대한 나의 사랑을 의심해서는 안 됩니다. 나는 당신을 사랑하고 또 영원히 사랑할 것입니다. 당신을 슬프게 하고 싶지 않지만, 나는 이제 당신이 볼 수 없고 들을 수도 없는 곳에 있어요.

물론 나는 당신이 무엇을 하는지 보고 알 수 있죠. 나는 당신이 내게 올 때까지 기다리겠어요. 당신이 결혼, 아이들, 가족 등을 기대하게 한 것은 내 잘못입니다. 당신은 나를 원하겠지만 아쉽게도 다시 만나려면 더 기다려야 해요.

나는 당신에게서 달아나는 게 아닙니다. 나는 해야 할 일을 했어요. 당신은 아주 자랑스러워 해야 해요. 이건 명예로운 일이고 당신은 그 결과를 보게 될 것이고 모든 사람이 행복해할 테니까요.

우리가 다시 만날 때까지 힘든 일을 참아내세요. 우리는 금과은 그리고 많은 것이 있는 궁전에서 아무런 문제가 없고 슬픔도 없이 놀랍고 영원한 삶을 살게 될 겁니다."

아직 미래가 창창한 26살 남자가 죽기 전날에 5년 동안 사귄 애인에게 쓴 편지다. 애절하고 뜨거운 진심이 담겨있다. 하지만 마음을 열어 공감하기는 어려운 편지다. 그는 애인의 눈물을 걱정하면서 비행기 승객의 유족들이 겪을 고통은 안중에도 없었다. 테러리스트 자라는 불공정했고 무자비했다.

진심이었으나 공감받지 못할 또 다른 편지가 있다. 1945년 일본 가고시마 현에서 한 남자가 자녀들에게 편지를 썼다. '구노'라는 성을 가진 그는 일본군 전투기 조종사였다. 구노는 오키나와 전투에서 사망했는데, 전투에 나서기 전에 5살 아들과 2살 딸이 커서 읽게 할 생각으로 편지를 썼다.

"아들과 딸에게.

아빠가 너희를 만날 수는 없지만, 항상 지켜볼 것이다. 엄마 말 잘 듣고 힘들게 하지 말아라. 아빠가 있는 다른 아이들을 부러워 마라. 왜냐하면, 내가 정령이 돼 너희 둘 가까이에 있을 테니 말이다. 둘 다 공부 열심히 하고 엄마 일을 많이 도와드려야 한다. 아빠는 이제 너희의 말이 될 수 없으니 둘이 좋은 친구가 돼야 한다. 아빠는 커다란 전폭기를 조종해서 모든 적을 끝내버리는 힘찬 사람이다. 나를 능가하는 사람들이 돼다오. 그래서 나의 죽음을 복수해다오."

구노가 사망한 오키나와 전투는 태평양 전쟁의 가장 중요한 전투에 속한다. 미군과 일본군이 1945년 4월부터 82일간 대규모 격전을 벌였고 10만 명 이상이 사망했는데, 구노는 전투기를 몰고 미군 함정과 충돌함으로써 삶을 마감한 것으로 전해진다.

그는 아빠로서 진심을 담아 편지를 쓴 게 분명하다. 강한 군인답게 씩씩한 글을 썼지만 내심 걱정이 컸다. 혹시 아이들이 아빠 없는 아이라고 놀림당해 주눅이 들까 염려됐다. 또 어린 자녀와 같이 놀아줄 수 없게 된 것도 무척 슬펐다. 자녀를 두고 멀리 떠나야 하는 평범한 아빠의 마음 그대로였다.

하지만 테러리스트 자라의 편지처럼 구노의 편지도 진심은 알겠으나 공감되지는 않는다. 편지에 베인 군국주의 정신이나 호전성이 무척 거북하다.

한 남자는 내일 수십 명을 살해할 계획을 세워놓고서 오늘 애인에게 영원한 사랑을 속삭였다. 종교 이념에 빠져서 정신이 병들어 있었다. 어느 군인 아빠는 어린아이들에게 복수를 부탁했다. 폭력성이 섬뜩하다.

그들은 왜 그렇게 끔찍한 마음의 병에 걸린 것일까. 선천적으로 악한 인간이 없다고 보면 환경 탓이 클 것이다. 살상과 폭력의 시대가 그들을 비인간화시켜서 테러리스트와 카미카제의 길을 선택하게 만들었다고 볼 수 있다.

유대인 대학살로 어머니와 아내를 잃은 의사
프랭클

끔찍한 환경에 산다고 모두 괴물이 되진 않는다. 생지옥 같은 환경에 갇혀 있으면서도 성자처럼 행동한 사람도 분명히 있다.

2차대전 때의 유대인 학살 현장이 테러나 전쟁보다 더한 지옥이다. 독일 나치 정권은 1941년에서 1945년 사이 유럽에 거주하는 유대인을 600만 명 이상 학살했다. 인류 역사에서 두 번 다시 있기 힘든 최악의 범죄가 일어난 유대인 수용소는 생지옥 일 수밖에 없었다. 그곳에 갇혀 있던 사람들은 이성을 잃고 공포에 떨었다. 언제 죽을지 모르니 당연했다. 그리고 혼자라도 살아남으려는 이기심에 휘둘렸다고 해도 자연스럽다.

그런데 유대인 수용소에 기적 같은 사람들이 있었다. 그들은 두려움에 떠는 사람들을 따뜻하게 위로하고 자신의 식량을 나눠주는 이타적 행동을 했다. 그런 성자와도 같은 이들에 대한 목격담을 전한 사람은 빅터 프랭클Viktor Frank이다. 오스트리아의 의사이자 작가인 그도 수용소에 끌려갔었는데, 그곳에서 보고 느낀 것을 이렇게 기록했다.

"유대인 수용소에 있었던 사람들은 막사를 다니면서 다른 사람을 위로하고 자신의 마지막 빵을 나눠주던 이들을 기억할 겁니다. 그들의 숫자는 적었지만 중요한 사실을 넉넉히 증명합니다. 사람에게서 다른 모든 걸 빼앗아도 마지막 인간의 자유는 빼앗을 수 없다는 사실이죠. 인간은 어떠한 상황 속에서도 자신의 태도와 길을 선택할 자유가 있습니다."

유대인 수용소에서 빵이 넉넉했을 리가 없다. 내 배를 채우기에도 부족한 양이었을 것이다. 그런데 어떤 사람은 생명 같은 빵을 남에게 줬다. 자신은 배가 고파도 타인이 허기를 채우는 모습을 보고 행복하다면 그는 성자에 가까운 게 아닐까. 생지옥에도 기적 같은 사람들이 존재했으며, 프랭클은 그들에게서 자유를 봤다고 말한다.

자유가 무엇일까. 환경에 구속되지 않는 정신의 힘이다. 테러의 시대를 살아도 테러리스트가 되길 거부하는 것이 자유다. 전쟁 속에서도 전쟁광이 되지 않는 사람이 자유롭다. 자신의 마지막 빵을 남과 나누고 죽음의 공포를 견디며 타인을 돕는 정신을 가진 사람 또한 자유롭다. 프랭클에 따르면 '어떠한 상황 속에서도 자신의 태도와 길을 선택하는 것'이 자유다. 프랭클은 자유를 더 간략히 정의하기도 했다.

"가장 위대한 자유는 자신의 태도를 선택하는 자유다."

나의 태도를 정하는 것은 나의 자유다. 그 자유는 어떤 상황에서도 그 누구도 빼앗지 못한다. 언제든 어디서든 우리는 가장 위대한 자유 즉 태도를 선택할 자유를 누릴 수 있다.

총을 든 자들이 나를 수용소에 가둬도 나는 희망적이고 이타적인 태도를 선택할 수 있다. 나의 자유다. 내 태도까지 총 든 자들이 결정하지는 못한다. 무력을 앞세운 나라가 침략한다고 모든 국민이 정신까지 투항하지는 않는다. 저항을 선택하는 자유로운 이들도 있게 마련이다.

과장하자면 우리의 삶은 강제 수용소에 갇혀 있다고 볼 수 있다. 하기 싫은 일이 산더미다. 정해진 시간에 출근해서 계획대로 끌려다닌다. 또 종일 고생하는데도 받는 보상은 수용소의 식량 배급량처럼 흡족하지 않다. 먹고 살 만큼만 주어진다. 게다가 나의 미래를 내가 확신할 수 없다. 언제든지 쫓겨나거나 망할 수 있다. 나쁘게 보면 우리는 최악의 강제 수용소와 조금은 닮은 곳에 갇혀 있다.

그런데 그렇더라도 우리에게는 자유가 있다. 나의 태도는 나의 선택이다. 즉 표정과 생각과 말은 내가 결정할 수 있다. 자존감을 높이겠다고 결심하거나 따뜻하고 유연하게 대처하겠다고택할 수 있다. 또 크고 작은 어려움 앞에서 미소 짓고 말겠다고 마음먹는 것도 가능하다. 순응을 포기했다면 나를 지키기 위해 더욱 단호하게 대결을 선택할 수도 있다.

그 무엇이건 태도는 내 뜻대로 내가 결정한다. 어떤 상황에서든 우리는 최후의 자유를 누릴 수 있다. 죽음의 수용소에 갇혔던 프랭클은 우리 모두에게 자유의 힘이 있다고 강조했다.

그런데 설득력 높은 자유론을 펼치기 전에 프랭클은 극심한 고통을 겪었다. 그는 다행히 목숨을 잃지 않았지만, 사랑하는 가족들은 유대인 대학살의 희생자가 되고 말았다. 어머니는 가스실에서 숨졌고 24살에 불과한 아내 역시 죽음에 이르렀다. 프랭클은 1945년 9월 16일 친구에게 편지로 심정을 밝혔다.

"이제 나는 완전히 혼자예요. 비슷한 운명을 겪지 않았다면 그 누구도 날 이해할 수 없어요. 나는 끔찍하게 지쳤고 끔찍하게 슬프며 끔찍하게 외로워요. 나는 희망할 것도 두려워할 것도 전혀 없어요. 내 삶에는 기쁨이 없으며 나는 의식 없이 살아갑니다."

어머니와 아내를 잃은 사람을 위로한다는 게 가능할까. 그것도 사고가 아니라 정치적인 이유로 살해된 것이라면 남은 가족을 타인이 이해하거나 위로하는 것은 거의 불가능할 것이다. 프랭클은 평생 고통받아야 할 운명을 처했었다. 하지만 그는 고통 속에서 의식 없이 살지 않았다. 가족을 잃은 슬픔과 나치의 유대인 수용소 경험을 바탕으로 삼아서 저명한 정신과 의사이자 작가가 될 수 있었다. 자신이 말한 자유의 뜻처럼 그도 극단적인 비통함 속에서 자신의 길을 찾으려 외롭게 분투했을 것이다.

죽는다는 걸 기억하면
오늘이 행복하다

율리아네

1971년 12월 24일, 페루 리마에서 푸카이파로 가던 비행기에 벼락이 떨어졌다. 93명이 타고 있던 비행기는 3킬로미터 상공에서 크게 파손됐고 빠른 속도로 추락하면서 해체되기 시작했다. 하늘을 날아다니던 최첨단 기계가 무거운 쇳덩어리로 변해버렸다. 어떤 사람은 비행기 잔해와 함께 추락했고 일부는 비행기 밖으로 튕겨 떨어져 내렸다. 낙하산도 없이 말이다.

비행기가 자유 낙하하는 동안 사람들은 비명을 질렀고 엔진의 굉음은 귀청을 찢을 듯했다. 사람들이 울부짖는 가운데서 한 여성이 차분하게 말했다. "이젠 끝이다. 모든 게 끝났어." 곁에 있던 17살 딸 율리아네 쾨프케Juliane Koepcke가 그 말을 정확히 들었다.

탑승한 비행기가 추락하는 상황이라면 이제 다 끝났다고 생각하는 게 당연하다. 다른 승객들과 자신은 물론 사랑하는 딸의 삶도 이제는 끝이라고 판단해도 하나 이상하지 않고 합리적이다.

하지만 그 판단이 틀렸다. 3,000미터 상공에서 떨어진 딸 율리아네는 죽지 않고 살아남았다. 11일 동안 혼자 정글 속을 걸었고 기적적으로 구조됐다. 엄마 마리아도 땅에 떨어졌을 때 숨이 붙어 있었다. 일찍 구조됐다면 오랫동안 딸과 행복하게 살았을 것이다.

비행기에서 떨어졌지만 생명을 잃지 않은 율리아네는 세계적으로 유명해졌다. 율리아네는 비행기 추락 사고를 이렇게 회고했다.

"우리는 빠르게 떨어졌어요. 그런데 사람들의 비명과 엔진 소리가 갑자기 잠잠해지더군요. 내 옆에 엄마가 없었어요. 나는 비행기 밖이었고 좌석에 묶여 있었죠. 3,000미터 상공에서 혼자 땅으로 떨어지고 있었습니다. 자유 낙하는 고요했어요. 주변의 아무것도 보이지 않았고요. 안전띠가 배를 세게 조여서 숨쉬기가 어려웠어요. 두려움을 느끼기 전에 나는 의식을 잃었어요."

희귀한 사례다. 하늘에서 맨몸으로 떨어지고도 살아남은 율리아네의 추락 경험담은 인류 역사를 통틀어 유일에 가깝다. 소녀는 아무 소리가 들리지 않았고 아무것도 보이지 않았다고 했다. 의식도 작동을 멈춰버려 두려움도 느끼지 못했다. 모든 감각이 닫힌 것이다. 빠르게 추락하는 몸의 속도를 따라잡지 못해서 영혼이 빠져나가는 상황을 상상하게 된다.

추락한 율리아네가 눈을 떴지만, 천국이 아니었다. 그녀는 페루의 깊은 정글에 착륙한 상태였다. 그 높은 곳에서 떨어져 어떻게 살았을까. 의견은 많다. 공중으로 솟구치는 바람이 때마침 불어서 소녀가 충격 없이 사뿐히 내려앉았다는 설이 있다. 또 그녀가 묶여 있던 비행기 좌석이 충격을 완화한 데다가 열대 우림의 나무들이 쿠션 역할로 율리아네를 받아냈다는 설도 있었다.

원인은 불명확하지만 어쨌거나 율리아네는 분명히 살아 있었다. 쇄골이 부러지고 오른쪽 팔에 깊은 상처가 생겼으며 오른쪽 눈이 퉁퉁 부어올랐지만 걷고 움직일 수 있었다. 눈을 뜬 율리아네는 가장 먼저 엄마를 찾았다. 어디에 있는지 대답하라고 외치고 또 외쳤다. 그러나 답은 없었다. 살아남은 사람은 자신이 유일한 것 같았다. 이제 이 정글 속에서 혼자 힘으로 목숨을 이어가야 했다.

율리아네가 어릴 때부터 밀림에 익숙했으니 망정이지 보통 소녀였다면 11일 동안 정글에서 버틸 수 없었을 것이다. 독일 출신 부모는 각각 생물학자와 조류학자였고 율리아네가 10대 초반일 때 '판구아나'라는 생물학연구센터를 열대 우림에 세웠다. 부모를 따라다닌 율리아네는 어릴 때부터 정글 소녀로 자랐다.

비행기에서 정글로 떨어진 율리아네는 예전에 엄마 아빠가 했던 말을 떠올렸다. 정글에서 길을 잃었을 때 물을 따라가면 살 수 있다고 했다. 사람들은 물가에 마을을 세우기 때문이라고 알려줬다. 율리아네는 무릎 깊이의 작은 천을 찾아내 따라가기 시작했다. 곧 사람을 만나게 될 거라는 믿음을 품고 걷고 또 걸었다.

정글에서 지내는 일은 몹시 고단했다. 낮에는 뜨겁고 습했으며 비도 자주 내렸다. 또 밤이면 추워서 얇은 드레스를 입은 율리아네로서는 무척 힘들었다. 근시였는데 안경이 사라지고 없었다. 하얀 샌들도 잃어버렸다. 몸도 여기저기가 아팠다. 강한 생존 열망이 없었다면 견뎌낼 수 없었을 것이다.

몸이 마비될 정도로 끔찍한 일도 있었다. 나흘째 되는 날 비행기 좌석과 함께 물에 떨어진 사람들을 발견했다. 저 중에 엄마가 있을지도 모른다는 생각에 몸이 떨리고 무서웠다. 시체를 본 것도 처음이었다. 마음을 진정시키며 다가가서 살펴봤지만, 엄마는 없었다.

율리아네는 10일 동안 숲을 헤매다가 보트를 봤는데 환상인 줄 알았다. 손으로 천천히 만진 후에야 보트라는 걸 믿을 수 있었다. 근처에 작은 오두막도 있었다. 다음 날 어부들이 찾아와 소녀의 구조를 도와줬다. 병원에서 율리아네는 아빠를 끌어안을 수 있었다.

엄마의 시신은 1972년 1월 12일에 발견됐다. 엄마의 죽음 자체보다 안타까운 것은 추락 후 살아 있었는데 구하지 못했다는 점이다. 움직일 수 없었을 뿐 분명히 생명이 있었고 며칠이 지난 후에야 숨을 거뒀다는 게 지배적인 추정이다.

율리아네는 엄마를 구하지 않고 혼자 살아남았다는 자책감을 씻어내기 어려웠다. 하지만 마음을 전할 수 있었다면 엄마는 괜찮다고 말했을 것이다. 끝내 살아남은 딸을 끌어안고 고맙다고 했을 것이다.

무서운 세상을 통과하는 기술
'삶의 끝'

3,000미터 상공에서 떨어졌는데도 생존한 소녀 율리아네의 이야기는 놀랍고도 감동적이다. 작은 꽃송이 하나가 하늘에서 천천히 떨어져 안착하는 걸 상상하게 된다. 또는 절벽에 붙은 둥지에서 떨어졌지만 작은 날개를 퍼덕여서 무사히 땅에 닿은 어린 새가 소녀와 닮았다.

그런데 감동만큼이나 교훈도 크다. 겁에 질려서 살아가는 나 같은 사람들에게 그럴 필요 없다고 말하는 것 같다. 나는 무서운 불행이 닥칠까 봐 걱정하면서 평생을 보냈다.

어릴 때는 도둑이나 괴물이 집에 숨어들지 않을까 무서웠다. 좀 커서는 학교 성적이 괴물이 됐다. 최고 대학에 합격하지 못하면 낙오자가 된다는 학교 선생님의 말씀을 곧이곧대로 믿어서 공부가 괴물처럼 무서웠다. 또 TV 보험 광고를 보다 보면 내가 간 질환이나 암에 걸려 죽거나 교통사고를 당하게 되리라는 믿음이 무의식으로 스며들어 굳어진다.

사회는 예전보다 훨씬 안전해졌지만, 나처럼 많은 사람이 미래를 습관처럼 두려워한다. 파멸, 피습, 낙오, 가난 등 심각한 불행이 닥치면 어쩌나 걱정하면서 산다. 겁쟁이가 세상을 가득 채

274   삶의 끝에서 비로소 깨닫게 되는 것들

우고 있다.

율리아네의 엄마도 공포에 질렸었다. 비행기가 추락하는 동안 '모든 것이 끝났다'고 되뇌었고 그 말을 딸 율리아나가 듣게 된다. 그렇게 판단해도 하나 이상하지 않은 극한 상황이었지만 그래도 모든 게 끝났던 것은 아니다. 기적 같은 일이 일어나서 사랑하는 딸은 생존했고 건강하게 자라서 나중에 번듯한 과학자가 됐다.

완전히 끝나는 것은 없다. 희망은 깡그리 사라지지 않는다. 호랑이에게 물려가도 살길은 있고 하늘이 무너져도 솟아날 구멍은 있으며 허공에서 떨어져도 생명을 이어갈 확률은 남는다. 겁먹을 필요가 없다. 생명은 질기고 완전한 불행은 희귀하다.

맘 편히 원하는 대로 살아도 괜찮다. 낙하산을 메고 자유 낙하하는 사람처럼 여유로우면 된다. 율리아네의 시련이 겁많은 나를 일깨워줬다. 또한 신념의 가치도 깨닫게 한다. 신념이 사람을 살린다. 소녀도 단 하나의 신념을 갖고 버텼다.

"나는 포기하지 않았어요. 강이 있다면 사람들도 가까이에 있는 겁니다."

율리아네는 물을 따라 걸으면서 그런 신념을 꼭 품고 있었다.

날벌레들이 귀와 코로 들어와도 견뎌내고, 비행기에서 가져온 군것질거리와 강물을 마시면서 버티고, 밤사이 얼음처럼 차가운 빗방울을 참아낸 것은 신념 덕분이다. 물길을 따라가면 사람이 있을 것이고 착한 사람들이 자신을 도울 거라는 확신으로 소녀는 살았다.

반대로 많은 변수를 고려하면 확신이 흔들린다. '물가에 마을이 있다는 아빠의 말이 틀리면 어떻게 하나?'라고 의심했다면 소녀는 힘이 빠졌을 것이고 구조 확률도 낮아졌을 것이다. 단 하나의 확신에 몰입해야 시련을 이겨낼 수 있다.

하늘에서 추락한 사람들이
알려주는 교훈

나는 율리아네의 이야기에서 유연함의 가치도 배웠다. 몸과 마음이 부드러워야 험한 세상을 살아갈 수 있다. 대다수 사람이 목이 뻣뻣하다. 입과 눈 주변의 얼굴 근육에 힘주고 있을 확률도 높다. 몸뿐만 아니라 마음도 딱딱하게 긴장한 사람이 많다. 그러면 생명력이 약해진다.

하늘에서 떨어졌다가 생존한 기적의 사람들은 달랐다. 유연하고 부드러웠다. 율리아네보다 더 놀라운 생존자도 있다. 세르비아의 항공 승무원이었던 베스나 불로비치Vesna Vulović는 무려 1만 미터에서 자유 낙하하고도 살았다. 1972년, 불로비치가 타고 있던 비행기가 공중 폭발했다. 테러가 원인이었던 것으로 추정된다.

불로비치가 추락한 곳은 체코슬로바키아의 한 마을 눈밭이었다. 운석처럼 하늘에서 떨어진 여성은 살아 있었다. 몸이 멀쩡했던 것은 아니다. 골반, 갈비뼈, 척추 등에 골절상을 입고 하반신 마비 증상을 보였다. 머지않아 완전히 회복됐고 사무직 직원으로 항공사에 복귀했다. 불로비치는 '최고 고도 추락 생존자'로 기네스 세계 기록에 올라 있다.

1943년에는 미군 조종사 알랜 유진 매기Alan Eugene Magee가 기적적인 생존을 경험했다. 그는 나치가 점령한 프랑스 생나제르 지역을 폭격하는 작전에 투입됐다가 비행기가 공격을 받는 바람에 6,700미터 상공에서 낙하산 없이 떨어지게 됐다. 그도 죽지 않았다. 기차역 지붕에 떨어졌는데 몇 군데 뼈가 부러지고 폐와 신장을 많이 다치기는 했지만 그래도 생명을 잃지 않았고 회복했다.

어떻게 해야 비행기에서 떨어져도 살 수 있을까. 일단 부드러운 곳에 떨어져야 한다. 율리아네는 나뭇가지가 충격을 완화한 것으로 보이며 승무원 불로비치는 눈 위에 떨어졌고 조종사 매기는 건물 지붕에 떨어졌다. 또 설명할 수 없는 기적 같은 일이 필요하다. 이를테면 타이밍에 딱 맞춰서 상승하는 돌풍은 추락자의 충격을 줄이고 생존 가능성을 높인다.

또 다른 생존의 조건으로 몸이 부드러워야 한다. 불로비치는 사고와 동시에 의식을 잃었다. 그녀는 기억이 전혀 없다. 승객들에게 인사했던 기억만 있고 눈을 떠보니 부모님이 있었다고 한다. 폭발과 대혼란은 물론이고 추락과 구조의 과정도 전혀 기억하지 못한다. 페루 정글에 떨어졌던 율리아네도 마찬가지였다. 추락하는 사이 의식을 잃었고 눈을 떠보니 밀림 속이었다고 했다. 미군 비행사 매기도 추락 도중에 의식이 없었다고 했다.

기적으로 생존했던 그들 모두 의식을 잃었기 때문에 몸에 힘이 빠져 있었다. 같은 높이에서 떨어져도 고양이와 거북의 충격은 다르다. 의식을 잃어야 고양이처럼 부드러워져서 추락해도 생존 확률이 높아진다. 위기 상황에서는 잠시 기절하는 것이 좋다. 끝까지 아등바등 버티지 말자. 정 못 견디겠으면 마음이고 정신이고 가릴 것 없이 죄다 놓아버리는 게 자신을 위한 길이다.

심각한 위기가 아닌 일상에서도 마찬가지다. 우리는 지나치게 굳어 있다. 길에서 사람들의 얼굴을 보면 모두 성난 육식 동물 같다. 빳빳하게 긴장하면 부러진다. 팽팽하게 잡아당기면 정신이 끊어진다. 몸과 마음이 딱딱하면 반작용 충격도 커서 잘 부러지고 다친다. 힘을 빼야 생명력이 강해진다. 작은 꽃송이와 어린 새처럼 긴장 없이 자유 낙하를 즐기면 된다. 하늘에서 추락한 사람들이 알려주는 교훈이다.

삶의 끝에서 비로소 깨닫게 되는 것들

초판 1쇄 발행	2020년 7월 9일
초판 2쇄 발행	2020년 7월 20일

지은이	정재영
펴낸이	정덕식, 김재현
펴낸곳	(주)센시오

출판등록	2009년 10월 14일 제300-2009-126호
주소	서울특별시 마포구 성암로 189, 1711호
전화	02-734-0981
팩스	02-333-0081
전자우편	sensio0981@gmail.com

기획·편집 이미순, 김민정	**외부편집** 이수미	
경영지원 김미라	**홍보마케팅** 이종문, 한동우	
본문디자인 유채민	**표지디자인** 섬세한곰 www.bookdesign.xyz	

ISBN 979-11-90356-61-9 03810

이 도서의 국립중앙도서관 출판예정도서목록(CIP)은 서지정보유통지원시스템 홈페이지(http://seoji.nl.go.kr)와 국가자료공동목록시스템(http://www.nl.go.kr/kolisnet)에서 이용하실 수 있습니다. (CIP제어번호 : CIP2020022350)

잘못된 책은 구입하신 곳에서 바꾸어드립니다.

소중한 원고를 기다립니다. sensio0981@gmail.com